ÉCRIRE EST UN ROMAN

IRÈNE FRAIN

ÉCRIRE EST UN ROMAN

ÉDITIONS DU SEUIL
57, rue Gaston-Tessier, Paris XIXe

ISBN 978-2-02-153650-8

www.seuil.com

À M.
Et en souvenir de Philippe Godoÿ

« Toujours, imaginer sera plus grand que vivre. »

Gaston Bachelard,
La Poétique de l'espace

1

La Maison-Écrire

Il y a quelques années, M. m'a demandé d'animer un atelier d'écriture. J'étais réticente. Je me rappelais comment Julien Gracq, peu avant sa mort, avait découragé l'un des pèlerins venus frapper à la porte de sa retraite angevine pour tenter de lui arracher des « secrets d'écriture ». Il avait souri : « Il faut beaucoup pardonner aux écrivains, parce qu'ils ne savent pas toujours ce qu'ils font. »

On pourrait lire dans cette phrase une manière élégante d'éluder les questions d'un importun si on ne la retrouvait, à deux ou trois mots près, au détour d'un recueil de souvenirs, méditations et réflexions sur la littérature qu'il avait publié cinquante ans avant. Avec cette réplique, il avait aussi réaffirmé l'une de ses plus constantes convictions : écrire est un acte paradoxal ; l'auteur, quand il œuvre, sait, et ne sait pas ce qu'il fait.

Son visiteur était reparti déçu. C'est que la légende des « secrets d'écriture » est tenace et, plus têtu encore, le rêve qui l'habite, obtenir d'un écrivain admiré ou envié l'arsenal de recettes qu'il est censé avoir réuni afin d'accomplir ce prodige : entraîner le lecteur dans un monde parallèle et l'y emprisonner, captif à ce point subjugué qu'à la façon des victimes du syndrome de Stockholm, il prend cette prise d'otage pour une merveilleuse évasion, persuadé que l'univers où l'écrivain l'a enfermé – décor, personnages, espace-temps – est plus passionnant, plus pertinent, plus authentique que le sien. Et comme les écrivains peinent eux-mêmes à expliquer ce phénomène, les lecteurs peuvent légitimement imaginer qu'ils détiennent un sac à malices, qu'on verrait bien, pourquoi pas, au service d'un « système », une sorte de mécanique des fluides narratifs fondée sur une formule secrète.

Il suffirait donc de s'aboucher avec un auteur et de lui soutirer, en plus de cette martingale, la boîte à outils et sa notice explicative, le tour serait joué : on n'aurait qu'à s'asseoir à son bureau et mettre en branle la machinerie du « système ». Jamais on ne sécherait, jamais on ne douterait, jamais on n'aurait peur, ni de la page blanche, ni de la page nulle. Le livre coulerait de source, chapitre après chapitre, de la première ligne au mot de la fin.

*

Je ne me voyais pas dans la peau d'un professeur de trucs. Encore moins dans celle d'un ingénieur système.

J'étais malgré tout tentée. Au moment où M. m'avait approchée pour cet atelier d'écriture, il avait souligné : « Tu peux le mener comme tu l'entends. » Puis il avait pressenti mes réserves et ajouté : « Considère-toi comme un passeur. »

« Passeur », le mot m'avait séduite. J'ai toujours aimé transmettre. Mais en l'occurrence, que transmettre ? Ma pratique de l'écriture ? Chaque écrivain a la sienne. Une théorie de la narration illustrée d'exercices ? À l'université, j'avais étudié quelques-uns de ces échafaudages intellectuels. Je les avais trouvés pertinents. Mais abstraits. Des outils plus appropriés à l'analyse des œuvres qu'à l'éveil de la créativité, m'avait-il semblé.

Comment trancher ? Mouvement classique, je m'en suis remise à Internet, notamment aux sites américains : les ateliers d'écriture sont nés aux États-Unis il y a une centaine d'années, et depuis, ils ont connu un succès foudroyant. À côté des cours privés qui fleurissent un peu partout, nombre d'universités enseignent « l'écriture créative », délivrent des diplômes ; certains établissements s'honorent d'avoir

« formé » des écrivains célèbres et non des moindres, Philip Roth, par exemple, ou Flannery O' Connor.

Je suis allée au plus simple, j'ai soumis à mon moteur de recherche la requête « creative writing ». Au lieu d'indications sur la nature de ces cours, mon écran, dans la seconde, a affiché des dizaines de listes, toutes intitulées « Les règles d'or de l'écriture ».

Selon les cas, elles comptaient cinq, sept, dix, voire vingt commandements, et le ton de certaines prescriptions, par sa sévérité, rappelait le « Tu ne tueras point » du Décalogue, à croire qu'à la première violation de l'interdit, la foudre s'abattrait sur le malheureux apprenti en « écriture créative ». Il n'irait pas brûler en Enfer ni ne serait transformé en statue de sel, mais quand même, on lui ôtait tout espoir de rejoindre le paradis des écrivains.

Devais-je ouvrir mon atelier en brandissant ces Tables de la Loi ? Ceux qui les avaient rédigées paraissaient en douter eux-mêmes, ils concluaient leur féroce catéchisme sur la proclamation : « Et surtout, sentez-vous libre d'écrire ce que vous voulez ! »

Voilà qui m'a réconfortée. Cette ultime injonction, me semblait-il, frappait de nullité tous les commandements précédents.

Quelques minutes plus tard, comme je poursuivais mon exploration, je fus définitivement soulagée. On avait approché un écrivain américain connu pour son humour décapant et on lui avait demandé de rédiger ses propres Tables de la Loi. Sa réponse avait dépassé toutes les espérances du journal qui l'avait sollicité. Il avait plagié sans vergogne les préceptes que je venais de lire – neuf, si ma mémoire est bonne – puis, parvenu au dixième, il les avait dynamités : « Et si vous trouvez que c'est dur d'écrire, c'est que c'est dur ! »

Belle pirouette. Elle lui avait permis de s'en sortir à peu de frais. On devinait quand même que sa pensée rejoignait celle de Gracq : l'écrivain sait, et ne sait pas ce qu'il fait.

Après la lecture de ces listes, une question restait en suspens : pourquoi répondre à la demande de « secrets d'écriture » par une telle avalanche de règles, normes, systèmes, principes ?

À l'issue des rencontres organisées par les libraires et les festivals du livre, la plupart des écrivains sont assaillis de questions sur leur « méthode d'écriture ». On attend aussi d'eux des préceptes et une exemplarité.

Ce jour-là, où je devais répondre sans tarder à M., je me suis souvenue de ces moments et j'ai pensé que la meilleure façon de progresser dans ma réflexion était de dresser l'inventaire des réponses que j'avais pu donner.

Je n'avais pas tracé deux lignes que j'ai changé mon fusil d'épaule. Si, au contraire, je passais en revue les questions qu'on m'a le plus souvent posées ?

Lorsque j'ai terminé ce catalogue et que je l'ai relu, une évidence m'a sauté aux yeux : ces interrogations étaient de toute nature et leur diversité trompeuse. Qu'elles soient brutales ou sinueuses, d'ordre pratique ou théorique – « À quelle heure écrivez-vous ? », « À la main ? Sur votre ordi ? », « Peut-on écrire un chapitre sans dialogues ? », « Que pensez-vous des descriptions ? » –, j'y décelais quelque chose qui s'apparentait à un aveu et cet aveu était celui d'un déchirement entre le désir et la peur : « J'ai envie d'écrire, j'ai essayé d'écrire, mais j'ai peur d'écrire. » Et le même soupir se répétait : « Je n'ai pas d'imagination. »

*

Quel écrivain, face à la page blanche (et pire encore quand, l'ayant noircie, il la relit…) n'a traversé ces affres ? Les lecteurs qui m'avaient interrogée s'en doutaient bien et ce qu'ils attendaient de moi, en définitive, c'était une réponse à la question : « Comment libérer mon désir d'écrire de ma peur d'écrire ? » Ils n'étaient pas seulement en quête de règles et de secrets. Ils cherchaient, de façon confuse, à renouer avec une partie d'eux-mêmes dont ils avaient mesuré le rôle dans l'écriture puisqu'ils l'avaient nommée : l'imagination.

Certains m'avaient aussi affirmé qu'ils en avaient eu et qu'ils l'avaient perdue. « Vers douze-treize ans », avaient-ils lâché ; et quand j'avais voulu savoir ce qui s'était passé, ils avaient presque tous incriminé le système scolaire : « À partir de cet âge-là, on nous demande uniquement d'apprendre, et plus d'inventer. » Puis, nostalgiques, ils avaient évoqué leur enfance.

Ils n'auraient pas parlé autrement d'une maison que la vie les aurait forcés à quitter.

Maison, écriture : pourquoi cette association d'idées vient-elle de s'imposer à moi ?

C'est une image ancienne, je pense, qui remonte au début de mon adolescence. Lorsque j'ai commencé à écrire (vers douze ans, en bombardant mes amies de lettres où je faisais tout un roman des microévénements qui jalonnaient ma vie asphyxiée de solitude et d'ennui), je me suis représenté l'acte d'écrire comme un séjour dans une autre maison que celle où j'habitais.

L'école, sans doute, fut un terrain propice à l'éclosion de ce fantasme. De loin en loin, en classe de français, on nous proposait un exercice intitulé « rédaction à sujet libre ». La première fois que j'y ai été confrontée, je suis restée stupéfaite : Comment ? Les histoires que je m'inventais avant de dormir ou quand je jouais, j'avais le droit de les écrire ?

J'avais le droit. Rien qu'une fois par an, mais tout de même.

Aucune idée de ce que j'ai raconté dans mon premier « sujet libre ». Mais je me rappelle ce que j'ai ressenti ce jour-là : une porte s'ouvrait devant moi. Elle me menait je ne sais où mais quelle importance. C'était un endroit où j'avais ma place.

Dans ma famille, je ne m'étais jamais trouvé cette place.

*

Je ne sais pas très bien ce qui s'est passé ensuite. Je me revois à douze ans, au grenier ; j'écris. Autour de moi, le capharnaüm ordinaire de ces soupentes – la mémoire de la maison. Personne ne viendra me déranger. Je maîtrise à la perfection l'art de me faire oublier et c'est à peu près tout ce que me demande ma mère.

Je lui ai volé son bloc de papier à lettres et me suis installée devant une petite fenêtre ménagée dans le toit. J'ai déjà noirci un ou deux feuillets. Au-dessus de moi flotte, confuse, l'image d'une autre maison. Elle n'est pas très éloignée de la mienne.

Où se trouve-t-elle au juste ? Je l'ignore et je ne cherche pas. Elle n'est pas loin, elle est habitée, c'est tout. Qui l'occupe ? Des gens. Qui ? Des inconnus. Pas des enfants, pas des vieux, disons des adultes. Hommes, femmes ? Aucune idée non plus, de simples présences. Accueillantes, ces présences. Mon fantasme dessine, dans l'embrasure d'une porte, des silhouettes vagues qui me font signe d'entrer.

Qu'est-ce que j'écris ? Pas de souvenir non plus, sauf que c'est une lettre. En plus de son bloc, j'ai volé à ma mère des enveloppes et des timbres. Je vais en rédiger plusieurs, que je posterai ensuite à des amies de lycée – de nos jours, je les aurais abruties de textos ou de posts sur les réseaux sociaux.

Je pourrais tenir un journal intime. Il en est question dans les romans que je lis et les magazines pour jeunes filles auxquels mes parents nous ont abonnées, une de mes sœurs et moi. Seulement je sais qu'on découvrira ce journal – on fouille régulièrement l'étagère qui m'a été attribuée dans l'une des deux armoires familiales. On le lira et on se moquera de moi.

Et puis à l'école, la prof de français a évoqué la figure de Mme de Sévigné. J'ai ainsi appris qu'elle avait visité notre ville et que cette excursion l'avait enchantée.

La prof a ajouté que la noble dame n'avait pas écrit de romans mais quantité de lettres, toutes adressées à sa fille. Après nous en avoir distribué des extraits, elle nous a expliqué pourquoi : cette fille, que Mme de Sévigné adorait, vivait très loin de chez elle ; comme son absence lui pesait, elle la bombardait de lettres où elle lui racontait sa vie.

Je me prends pour la marquise.

*

Lorsque j'écris sur le bloc dérobé à ma mère, rien ne m'atteint. Seule compte cette seconde maison que je me suis inventée, un monde où je peux enfin être accueillie, entendue.

Pendant les vacances, les livres que j'emprunte à la bibliothèque municipale ne parviennent plus à m'extraire de l'étouffoir familial. Mon activité épistolaire redouble. Je n'attends pas la réponse de mes amies pour leur poster un autre courrier.

La mère de mon amie J. finit par s'alarmer. Elle réclame mes lettres à sa fille, les lit puis les lui rend et lui demande de ne pas m'en parler.

Quand J. m'a confié cet épisode, trente ans plus tard, j'ai béni sa mère de lui avoir demandé de se taire. Si j'avais appris ce qui s'était passé, j'aurais immédiatement cessé d'écrire. Seulement la mère de J. l'avait compris : je n'écrivais pas des lettres mais j'écrivais tout court. Elle a aussi saisi que je cherchais, comme la marquise, à combler une absence – celle de ma mère.

J'ai ainsi pu continuer, grâce à ces lettres, à fréquenter la maison que je m'étais inventée et les bienveillantes « présences » qui l'habitaient. Mon petit manège n'a pas changé : vol de papier à lettres, d'enveloppes, de timbres, fuite au grenier puis, devant la fenêtre, pendant une heure ou deux, réinvention de mes journées vides. À chaque lettre que je glissais dans la boîte de la Poste, j'étais plus convaincue de mon droit à vivre une autre vie.

Lorsque j'ai quitté ma famille, mon flot de lettres s'est tari et l'image de l'autre maison peuplée de « présences » s'est effacée.

Quand j'ai écrit mes premiers romans, elle m'a plusieurs fois traversé l'esprit. Je la repoussais tout de suite : « Puéril ! »

Mais les fantasmes ont la vie dure et leur histoire rappelle le parcours de certaines rivières : elles s'évanouissent dans on ne sait quel gouffre, on les croit disparues, et soudain, elles resurgissent à des kilomètres en aval. Cette année-là, après avoir fini mon troisième roman, je n'avais pas la moindre idée de ce que serait le quatrième. Y en aurait-il seulement un ? Je commençais à en douter. Au sens propre du terme, j'étais désœuvrée : plus rien sur quoi œuvrer.

Je m'en inquiétais et je ne m'en inquiétais pas. À ce moment de ma vie, je parvenais à m'accommoder de ce qu'il est convenu de nommer « la vie réelle ». Je le croyais, en tout cas.

La « vie réelle », cet après-midi-là, c'était d'aller rendre visite à mon ami Manuel, que je n'avais pas vu depuis longtemps. Dès mon arrivée, je l'ai senti tracassé. Il n'a pas tardé à me dire pourquoi. Quelques heures plus tôt, il avait dû s'occuper d'un dégât des eaux dans l'appartement d'un cousin qui vivait en Argentine. Le plombier qu'il avait recruté avait vite repéré l'origine de la fuite, des tuyauteries défectueuses dans un faux plafond. Puis, comme il poursuivait son exploration, il avait découvert, coincé derrière une canalisation, un carton qui contenait une cinquantaine de photos.

La réparation finie, Manuel avait emporté ce carton. Depuis, il s'interrogeait : qui avait bien pu le cacher dans le faux plafond ? Quand ? Pourquoi ?

Il avait appelé son cousin. L'appartement, lui révéla-t-il, était un legs de son père, qui en avait hérité lui-même de parents éloignés. Il ignorait tout de son histoire.

Intriguée à mon tour, j'ai examiné les clichés. Instantanés, portraits posés, ils étaient hétéroclites, comme leurs formats, supports et sujets – ferme, moulin, atelier de peintre, façade d'un château ravagé par un incendie, balcon d'un immeuble Art Déco ; et même une décapitation publique en Chine.

J'y ai aussi découvert des gros plans sur des objets les plus divers, charrette, voiture de sport, table de maquillage, locomotive miniature. Même incohérence dans les portraits : danseuse, chien, bébé, servante, dandy, femme du monde. Sur une photo de groupe, un visage avait été découpé aux ciseaux. Les tirages les plus anciens remontaient aux années 1880-1920, et les derniers, au début des années 1940. C'est parmi ceux-là que j'ai remarqué une photo très différente des autres, petite, un peu floue, d'une

maison. Dès que je l'ai vue, je l'ai su : cette maison m'attendait. Mieux, elle m'appartenait. Elle avait un secret, ce secret était le mien et j'allais recommencer à écrire.

Quoi ? Aucune idée. Là aussi, je m'inclinais, c'était ainsi. Je me voyais rejoindre (mouvement irrésistible, ultrarapide, que je n'avais pas la moindre envie de contrôler) un espace-temps parallèle à la fameuse « vie réelle » où je me croyais si bien installée un quart d'heure plus tôt. Ce serait un monde où je déciderais de tout. Des acteurs de l'histoire, de leur identité, de leurs faits et gestes, des lieux où ils allaient vivre, de leur destin. De tout, absolument tout.

Me suis-je remise à manipuler et scruter les photos du carton ? Ai-je commencé à les classer ? Sans doute. Je me rappelle que ce fatras, d'un seul coup, n'en fut plus un. Ce que j'allais en faire m'échappait et cependant j'en étais certaine : à ces inconnus embaumés dans la nécropole photographique du carton, je ne tarderais pas à assigner un passé, un nom, un âge, un caractère, une voix peut-être, une odeur, un parfum. Et surtout des liens. Des attaches qui expliqueraient comment et pourquoi leurs images piégées par la chambre noire de photographes eux-mêmes inconnus s'étaient retrouvées à dormir ensemble sous le faux plafond d'un appartement parisien.

Quelles attaches ? Cette fois, il était trop tôt pour le préciser. Mais je trouverais, j'en étais sûre. Et ensuite…

Ensuite j'écrirais.

*

Une demi-heure plus tard, Manuel me prêtait le carton, et deux semaines après j'étalais sur mon bureau une sélection de portraits comme s'il s'agissait de cartes à jouer que j'aurais tirées pour savoir ce que l'avenir me réservait. Au centre de cette petite constellation, la photo de groupe où l'on avait découpé un visage aux ciseaux. De cette femme sans tête, j'avais décidé de faire l'héroïne de mon livre. Je venais de lui attribuer un visage, et même quatre, que j'avais disposés à droite de la photo de groupe : un pour l'enfance, un autre pour la jeunesse et les deux derniers pour la maturité et la femme vieillissante. Et comme dans le carton, aucun portrait ne faisait l'affaire, je les avais piochés dans un autre lot de photos, le premier qui m'était tombé sous la main, entreposé, lui, dans une vieille caisse héritée de ma belle-famille. J'ignorais comment elle s'était retrouvée chez moi. Les inconnus qui figuraient sur ces clichés n'avaient sans doute intéressé personne. Ils attendaient eux aussi de vivre une seconde vie.

Je ne sais pas quand ce petit monde a pris chair mais je me souviens qu'à la fin de mon livre, j'ai eu l'impression de l'avoir toujours connu.

Certains de mes personnages ne ressemblaient plus aux portraits découverts dans le carton. Ils avaient changé de tête, de taille, d'allure, parfois de coiffure, et comme leurs comparses, ils me paraissaient si familiers qu'avant de me confronter à nouveau à la « vie réelle » (et le redoutant sans doute), j'ai rassemblé leurs photos dans un album.

Je suis allée jusqu'à indiquer sous leurs portraits leurs patronymes fictifs ainsi que les lieux, imaginaires eux-mêmes, où ils étaient supposés avoir été photographiés – eux, je les avais pêchés dans des annuaires téléphoniques et sur des cartes d'état-major. J'ai composé pour tout dire un album de ma famille romanesque et c'est seulement quand j'y ai mis la dernière main que je m'en suis aperçue : c'était la copie conforme de celui de ma famille, que je croyais pourtant avoir fuie. Même agencement, même souci d'éclairer les portraits et les photos-souvenirs de commentaires, et mêmes petits coins de plastique pour ne pas abîmer les pages si j'étais conduite un jour à les déplacer ou les supprimer.

Lorsque j'ai fait cette découverte, j'ai éclaté de rire. Puis, façon de saluer la bienheureuse inconscience qui m'avait poussée à inventer cette famille qui n'était pas la mienne tout en l'étant, disons, d'assez près, j'ai collé sur la première page de l'album la photo qui avait déclenché ce flux romanesque, celle de la maison et de l'ombre ; et je lui ai, comme aux autres, trouvé un nom.

Cette fois, je ne suis pas allée le chercher sur une carte. Je l'ai baptisée « la Maison-Écrire », et maintenant, quand je rouvre cet album et que je la vois, c'est plus fort que moi, je souris.

Je sais à qui s'adresse ce sourire : à la jeune fille qui, au moment où elle écrivait ses lettres face à la fenêtre du grenier, voyait flotter au-dessus d'elle une maison peuplée de nébuleux inconnus qui ne demandaient qu'à les accueillir, elle et ses inventions.

Avec les années, rien n'a changé. La Maison-Écrire est toujours là, résidence secondaire fantasmatique où je me télétransporte quand je veux.

J'y fais aussi ce que je veux. Je m'approche, je déverrouille la porte, je m'installe, je vais, je viens, je repars, je reviens, comme ça me chante et le temps que ça me chante. Du coup, ainsi qu'à l'époque de mes douze ans, je vis deux fois.

J'ai tout juste pris un peu de plomb dans la tête. J'aimerais me bercer de l'illusion que cette maison m'appartient et que je suis seule à l'occuper, mais j'en suis maintenant consciente, des millions et des millions de mes semblables, armés d'un stylo ou d'un ordinateur, l'habitent au même moment, à quoi il faut ajouter tous ceux qui y ont séjourné avant moi, des millions eux aussi, qui ont effectué des va-et-vient identiques entre la « vie réelle » et son double imaginé.

La Maison-Écrire est donc une maison hantée. Quantité de fantômes s'obstinent à la squatter et ses murs, continûment, chuchotent aux nouveaux occupants les innombrables chaînes de mots et d'histoires qu'ils ont formées sous son toit il y a des dizaines, des centaines d'années ; et pour quelques-uns, plus loin encore dans le temps.

En d'autres termes, la Maison-Écrire nous habite autant que nous l'habitons. Nous croyons entendre la voix des écrivains qui la fréquentèrent autrefois ; il arrive même que nous nous sentions frôlés par l'ombre de leurs personnages, de si près certains jours que nous ne savons plus si nous les avons croisés dans la réalité ou sous ce toit.

Confusion tout à fait naturelle au demeurant, car les murs de la Maison-Écrire, pourtant assez solides pour avoir résisté jusqu'ici à l'épreuve des siècles, sont aussi minces que ce papier dont on fabrique encore les livres.

Lorsque j'ai ouvert mon premier atelier (car, oui, j'ai fini par accepter la proposition de M. ; j'en ai même animé d'autres, tant cette aventure m'a passionnée), la petite photo trouvée dans le carton, celle de la maison et de l'ombre, m'a servi de support au premier exercice : écrire en une demi-heure une vingtaine de lignes à son propos. Ce texte devait être rédigé sur le mode du récit. Pas de description. La demi-heure finie, chacun lirait sa page à haute voix. J'avais pris soin de ne pas souffler mot de l'histoire du carton à photos.

À la vérité, je n'en menais pas large. Cette image avait naguère réveillé mon désir d'écrire, mais ce qui avait valu pour moi vaudrait-il pour les autres ? Le pari n'était pas gagné.

Pur hasard si je l'avais tenté. Une semaine plus tôt, feuilletant dans une librairie un ouvrage de Christian Bobin, j'étais tombée en arrêt devant une page où il écrivait : « Les livres aimés se glissent en vous par la porte de la conscience et se faufilent jusqu'à une pièce où vous n'allez jamais, la plus profonde, la plus retirée. » Je m'étais demandé : si cette analyse s'appliquait à l'écriture aussi bien qu'à la lecture ? Si nous portions tous au fond de nous un espace obscur où, telle la Belle au bois dormant, le désir d'écrire n'attend qu'une étincelle pour sortir de sa léthargie ?

*

L'atelier comptait douze participants. Quand la lecture de leurs textes fut achevée, douze maisons avaient surgi dans la salle où nous étions installés. Aucune ne ressemblait à l'autre.

Qu'avait-elle de particulier, la petite photo, pour susciter des inventions si diverses ? Ses contours flous ? La neige qui s'étalait devant l'ombre, telle une page blanche en attente d'être noircie ?

Ou l'ombre en passe de dévorer la neige, énigme si intolérable qu'il fallait l'arracher séance tenante à son statut d'ombre, lui donner figure humaine et donc l'inscrire dans le temps, lui imaginer un passé, un présent, des intentions ?

Mais quelle importance au regard de ce qu'elle avait déclenché ?

Inventaire non exhaustif des maisons qui surgirent lors de cet atelier et des suivants :

Maison d'enfance dont l'ombre a été dépossédée (revers de fortune, famille déchirée, escrocs). L'ombre est celle d'un visiteur nostalgique.

Maison oubliée ou abandonnée. On l'a laissée à la garde de vieux domestiques. L'ombre est toujours celle d'un visiteur nostalgique.

La maison vient d'être découverte par un inconnu blessé – l'ombre. Ce mystérieux personnage va y chercher du secours.

Ambassade fréquentée par des malfrats.

La maison héberge une famille d'esthètes des

années 1920. Comme l'ombre, ces gens ont le goût du fantastique et des relations amoureuses complexes.

Elle vient d'être reconvertie en hôpital psychiatrique. L'ombre s'apprête à découvrir un cadavre pendu à un arbre, celui qui figure en haut et à gauche de la photo.

Repaire de nazis où va bientôt s'infiltrer un espion, l'ombre.

Rendez-vous de résistants. L'ombre est celle de Jean Moulin.

Refuge secret de de Gaulle lors d'un séjour clandestin en France pendant l'Occupation. L'ombre est encore celle de Jean Moulin.

Scène de crime. La maison, quelques minutes plus tôt, a été investie par la police. L'ombre est celle de l'enquêteur en chef.

Encore une scène de crime. Cette fois aussi, la maison vient d'être investie par la police, mais l'ombre est celle d'un rôdeur qui se retrouve dans le jardin par hasard.

La maison, toujours, est une scène de crime, à ceci

près qu'elle ne l'est pas encore : l'ombre est celle du futur tueur.

La maison est le théâtre d'un crime qui ne va pas tarder ; cependant l'ombre est celle de la future victime.

Maison de rendez-vous libertins.

Maison où des amants ont vécu en secret une liaison inoubliable. L'ombre est celle de l'amant. Il espère que sa maîtresse, une femme fatale, occupe toujours les lieux.

Les habitants de la maison sont déchirés par une querelle de succession. L'ombre, un féroce héritier qu'on n'attend pas, va frapper sous peu à la porte.

La maison est louée par des antiquaires véreux. L'ombre est celle d'un collectionneur passionné qui va se faire escroquer.

Maison de repos. Un médecin – l'ombre – s'y prête à des expériences controversées sur des convalescents.

Maison onirique. Elle s'invite dans le rêve d'un ivrogne. Toutes sortes de scènes ahurissantes vont se dérouler à l'intérieur de cette demeure surgie de son sommeil fortement alcoolisé.

À chaque atelier, le petit miracle s'est répété : autant de participants, autant de collisions avec la maison, autant de personnages derrière l'ombre, autant d'intrigues prêtes à éclore.

Je me rappelle aussi les éclats de rire qui jaillissaient autour de la table à la fin de la lecture des textes à haute voix, quand chacun faisait la même découverte : les autres s'étaient approprié l'ombre et la maison ; avec la microhistoire qu'ils avaient racontée, ils s'étaient racontés.

Loin de se voir piégés par l'exercice, tous se disaient libérés, particulièrement ceux qui avaient proclamé au début de l'atelier : « Je n'ai pas d'imagination. » Ils s'apercevaient qu'ils en avaient.

Ils découvraient aussi que leurs inventions n'étaient pas gratuites, qu'elles provenaient d'une région d'eux-mêmes dont ils avaient toujours soupçonné l'existence mais qu'ils n'osaient pas, ou n'osaient plus, explorer.

Cette découverte les émerveillait par sa brutalité ; je me souviens qu'un jour, à la fin de l'atelier, quelqu'un m'en a reparlé et m'a lâché : « Je n'aurais jamais cru. Au moment où je me suis retrouvé face à ma feuille, je me suis senti comme l'ombre, tellement seul… »

*

Les exercices que j'ai déclinés ensuite – portraits, dialogues, descriptions, travail sur le point de vue, la crédibilité, le rythme, le temps de la narration, etc. – n'ont rien eu d'original, si ce n'est que nous n'avons pas cessé de débobiner le même fil – que se passe-t-il dans la maison ? ; et le support de ces exercices fut presque toujours une photo du carton.

J'en conviens, j'ai eu de la chance. Les images découvertes par Manuel, dont je soupçonne maintenant qu'elles furent réalisées ou réunies par des proches du mouvement surréaliste, étaient dotées d'un exceptionnel pouvoir magnétique. Avec de tels supports, il était facile de conduire les participants vers leur propre Maison-Écrire. À la fin de l'atelier, du reste, la plupart d'entre eux avaient rédigé un embryon de roman. Certains caressaient même l'idée d'un livre.

Moi aussi, d'atelier en atelier, j'ai changé, et fini, comme eux, par caresser l'idée d'un livre. Il ressemblerait à ce que j'avais entrepris avec eux : une promenade dans la Maison-Écrire. Ou plutôt une flânerie : ce métavers aux virtualités infinies, qui peut prétendre l'avoir exploré de fond en comble ? Tant de chambres secrètes, de salles dont la clé s'est perdue, de labyrinthes où l'on s'égare, de portes dérobées, de corridors oubliés, de réduits encore inexplorés. Mais rien n'interdit d'y pointer le nez et d'y faire un petit tour. Le voici donc, ce livre, une balade, la mienne, libre comme on l'est toujours quand on entreprend d'écrire et qu'on choisit ainsi de vivre deux fois.

2

Fondations

Les mots ressemblent aux vieilles personnes. Ils ont beaucoup de souvenirs. Leur mémoire est précieuse, on devrait les interroger plus souvent. Avec eux, on remonte très loin dans le temps.

J'ai attendu des années, je l'avoue, avant de chercher l'origine du verbe latin *scribere*. J'aurais dû m'y prendre plus tôt : c'est de lui que dérivent, entre autres, les mots « écriture », « écrivain », « manuscrit », et son sens originel, déroutant, m'a ouvert des horizons insoupçonnés. À ses tout débuts, m'ont répondu mes dictionnaires, il signifiait « entailler », « couper », « inciser » ou, plus aimablement, « égratigner », « gratter ». Cette marque était censée durer, comme l'indique le cousinage linguistique de *scribere* avec le mot anglais *scar* – cicatrice – et le français moderne « scarification », lointain descendant d'un terme grec qui désignait le stylet.

Qu'on coupe, qu'on entaille, qu'on érafle ou qu'on gratte, on a besoin d'un outil adapté, lame effilée ou pointe. Il faut aussi, chez celui qui manie l'outil, de l'énergie autant que de l'adresse ; et lorsqu'on gratte, une ténacité certaine. Le vieux *scribere* nous raconte un monde très éloigné du nôtre, de ses écrans, de ses clics. Il ressuscite des humains familiers de la lenteur, du contact direct avec la matière brute ; et des temps où, pendant des millénaires, on traça des signes sur des écorces d'arbres, des pierres, de la terre.

Dans de nombreuses langues indo-européennes, l'action d'écrire garde la mémoire de la même représentation archaïque. L'anglais *to write*, par exemple : son lointain ancêtre *writan*, comme *scribere*, signifie « couper », « entailler », « inciser », « érafler », « gratter ». Ne pas y voir une coïncidence. Les linguistes ont démontré que tous ces verbes avaient une origine commune, qu'ils ont appelée « la racine scr- » – prononcez « *screu* ».

Sans doute emballés par cette découverte, certains d'entre eux ont pensé que ce « *screu* » évoquait le son émis par la pointe ou la lame qui s'acharne sur l'écorce, la brique d'argile ou la pierre. L'hypothèse est fragile. Si elle est fondée, il faut imaginer que les Grecs, eux, dans le bruit de la pointe qui gratte et regratte le bois, l'argile ou le marbre afin d'y graver des signes, ont entendu un tout autre son, « *greuf* » ou « *graf* », puisque « écrire », dans la langue d'Homère et Platon, se dit *grapheïn*.

Mais si l'étymologie est différente, la représentation est identique. Les Grecs des premiers temps, quand ils disaient *grapheïn*, voyaient des mains refermées sur les mêmes outils que leurs cousins européens, des instruments destinés à former des signes en coupant, incisant, grattant, éraflant, selon la matière à laquelle ils s'attaquaient.

La postérité de *grapheïn* n'a d'ailleurs rien à envier à celle de *scribere*. Grâce aux suffixes -graphe ou -graphie, ses dérivés modernes se comptent par milliers.

Ici, des innombrables descendants de *grapheïn*, je ne retiendrai qu'un seul, celui qui me semble ressusciter au plus près ces temps premiers de l'écriture : *graffiti*. Qui n'a jamais été tenté de laisser sa marque sur une pierre, un mur, l'écorce d'un arbre ?

Une marque et une trace.

Le temps est le père de la trace. Sans la conscience du temps qui passe, pas de mémoire, pas de trace. Tout est abandonné à la neige de l'oubli. Le monde est muet, et au sens premier du mot, absurde : frappé de surdité. Silence de mort. La trace, qui se déchiffre, qui se lit, offre un surcroît de vie à ce qui n'est déjà plus ou ce qui, bientôt, ne sera plus. Avec la trace, l'espace-temps devient signifiant.

*

« Trace », en latin, se dit *vestigium*. L'origine du mot est inconnue. On sait seulement qu'il dérive d'un verbe qui évoquait l'idée de remonter une piste ou de traquer ; et qu'avant de désigner un vestige au sens moderne du terme, *vestigium* désignait la plante du pied et tout particulièrement l'empreinte qu'elle laisse sur le sol. Quelqu'un est passé, a laissé une trace sur la terre ou le sable, puis a disparu.

Mais qui est passé, où est-il passé et que s'est-il passé ? On ne sait pas. La trace est à la fois présence et absence. Elle est signe ; seulement de quoi ? La chaîne du temps est brisée, un maillon manque.

Pour combler ce manque, il faut interroger la trace – l'investiguer. Au plus fin limier, cependant, quelque chose continuera d'échapper : il était absent quand la trace s'est formée.

Le voici donc contraint à l'hypothèse. La trace lui parle ; à un autre, toutefois, il se peut qu'elle dise tout autre chose. La trace, c'est le temps retrouvé mais aussi le passé recomposé.

Dans cette revisitation du passé, mémoire et imagination travaillent de concert, et du même coup, le plus spontanément du monde, celui qui interroge la trace se transforme en narrateur. Il échafaude un scénario puis le partage avec ceux qui, comme lui, sont troublés par la trace : il retrace.

Ainsi naissent les récits. Toutes sortes de récits, oraux, écrits, légendes, épopées, romans, biographies, autobiographies, investigations historiques et, bien entendu, nos modernes fictions policières. En dépit de leur infinie diversité, ces chaînes de mots qu'on appelle narrations ont un point commun : elles offrent un avenir à des sensations, impressions, pensées, événements qui, s'ils n'avaient pas été racontés puis transmis, auraient basculé dans le néant.

Une autre caractéristique les rapproche : leurs auteurs travaillent la même matière, le temps. Celui-ci, toutefois, est protéiforme, et ainsi que dans un magasin de tissus, on n'a que l'embarras du choix : reconstituer un après-midi ou un siècle, son propre passé ou l'itinéraire d'un autre, familier, étranger, fictif, réel ; et même, comme Proust, combiner plusieurs étoffes temporelles, au point que toutes les frontières se brouillent et qu'on ne sait plus qui sont les héros de son livre, ses personnages ou celui qui les met en scène, si justement doté par les lecteurs d'une majuscule, le « Narrateur ».

*

Certains, néanmoins, croient pouvoir ignorer les traces, revendiquent l'amnésie et s'époumonent : « Moi, le passé ne m'intéresse pas, je regarde toujours devant moi ! » Ils peuvent jouer les bravaches, la trace, cette présence-absence, et le siphon narratif qu'elle déclenche, les attend patiemment au tournant. Ils s'estiment en terrain conquis mais ils se retrouveront un jour ou l'autre en terre inconnue, comme Robinson le matin où il tombe en arrêt devant les empreintes de Vendredi sur l'île qu'il croit être seul à occuper. Chagrin d'amour, séparation, maladie, deuil, guerre, tout est chamboulé. Qui n'est pas tenté, alors, de remonter une trace ? Et ensuite qui, de ce cheminement, ne cherche à laisser trace ?

Manque, creux de la trace : c'est là que naît le désir d'écrire. On veut le déchiffrer, le combler à n'importe quel prix. Quoi d'étonnant puisque nous sommes nous-mêmes faits de traces, jusque dans les tréfonds les plus obscurs de notre corps où, paraît-il, tout s'inscrit depuis nos premiers jours.

*

S'inscrit : il y a quelque chose de fascinant dans la façon dont les Occidentaux, lorsqu'ils parlent de la mémoire, convoquent les images de l'écriture. Platon, déjà, quand il s'interrogeait sur la psyché des nouveau-nés, la comparait à la cire d'une tablette à écrire où on n'aurait jamais incisé un seul caractère. Vingt-cinq siècles plus tard, cette représentation demeure étonnamment vivace. Un événement, disons-nous, nous a « marqués », « reste gravé », « est inscrit pour toujours ».

L'image de l'écriture va jusqu'à s'inviter dans l'expression de l'oubli : « J'ai tout effacé », « J'ai tout gommé », « Je n'ai pas imprimé ». Le « J'ai zappé » inspiré par l'usage de la télécommande n'a même pas réussi à en venir à bout. Une prouesse.

L'écriture, contrairement au *vestigium* des origines – la trace de pieds sur laquelle on tombe par hasard – est une marque intentionnelle. On est marqué, il faut qu'on marque. C'est inscrit pour toujours, on doit l'inscrire pour toujours. Enfin, on l'espère, on essaie.

Sa filiation avec le *vestigium* initial n'a pas pour autant disparu. Elle demeure un outil de déchiffrage du réel et un moyen de conjurer le sentiment d'incertitude. Les Sumériens, paraît-il, inventèrent l'écriture pour savoir où ils en étaient de leurs têtes de bétail et de leurs budgets municipaux. De toute évidence, ils ne furent pas étrangers non plus aux angoisses que suscite la confrontation avec le silence de la mort : on a retrouvé dans quelques-unes de leurs tombes des objets frappés du nom de leurs défunts.

Même mouvement, des siècles plus tard, chez les Grecs qui employaient le mot *sêma* – originellement : le « signe » – pour nommer toutes sortes de repères d'usage courant, emblème, drapeau, sceau, mais aussi les tombes ; ou plus exactement les tas de pierres censés indiquer un lieu d'ensevelissement de restes humains, cadavre ou cendres, selon le statut social. Le signe-tombeau, en même temps qu'il protégeait ces restes, avait pour but de faire trace. Comme l'empreinte de pieds découverte dans la nature, il révélait la présence d'un absent. L'une des pierres entassées, nouveau défi à l'oubli, portait fréquemment le nom du défunt.

La même intention, têtue, habite ceux qui écrivent : offrir un avenir au passé, et pour y arriver, convertir les souvenirs en signes. Nul mieux que le poète Eluard n'a résumé cette ambition quand, après la disparition de sa femme, il intitula l'un de ses plus beaux recueils *Le Dur Désir de durer*.

C'est aussi Beckett, à la veille de sa mort, qui confia à sa biographe : « Je n'aurais pas pu endurer l'horrible et misérable chaos de la vie sans avoir laissé une tache sur le silence. »

J'aime qu'il ait dit si effrontément « tache » au lieu de « trace ». Cette image, ce signe qui fait tache, quelle trace !

J'y lis un écho de *Macbeth*. Shakespeare clôt sa tragédie sur deux scènes où il démontre que les humains vivent sous l'empire des traces, fussent-ils des monstres comme Macbeth et sa femme. Dans la première de ces scènes, Lady Macbeth se remémore leurs crimes atroces, est saisie d'un remords effroyable et tente d'effacer de ses mains une trace de sang qu'elle est seule à voir. Elle a beau la frotter, elle n'y parvient pas ; de désespoir, elle se suicide.

Dans la seconde scène, on annonce sa mort à son mari. Macbeth comprend alors qu'il est à son tour perdu mais, toujours aussi ivre de lui-même, il s'entête à nier le pouvoir des traces, au point qu'il en vient à définir la vie comme « une histoire dévidée par un imbécile, tonitruante, exaltée et dépourvue de la moindre signification ». Selon Macbeth, les traces que nous laissons ne racontent rien et tous nos mots se perdent dans le vide.

Son sort est dès lors scellé. Quelques minutes plus tard, il tombe sous les coups de ses ennemis. C'était fatal, nous avait avertis Shakespeare quand il lui avait donné la parole, Macbeth avait assis son pouvoir sur une contradiction fondamentale : il n'était qu'un humain, un être de langage, et comme tel, réduit à recourir aux mots et aux signes au moment même où, dans sa folie de la toute-puissance, il avait proclamé le néant des signes et des mots.

La leçon est claire et identique à celle de Beckett. Sans la conscience du poids des traces, aucune issue.

*

Sous une forme plus tendre et bien plus familière, je retrouve la même démarche chez le Prévert des « Feuilles mortes », les paroles d'une chanson « simple comme bonjour », ainsi qu'il se plaisait à la qualifier : une brève séquence où deux amants qui se croisent en automne sur une plage découvrent que les traces de leur passion se sont perdues, comme il écrit, « dans la nuit froide de l'oubli ».

Mais qui ne garde en mémoire les derniers vers de cette chanson : « Et la mer efface sur le sable / Les pas des amants désunis » ? Alors *efface*, vraiment ? Il y a quand même eu un écrivain pour les mettre en mots, ces pas qui se sont séparés sur la plage, ces retrouvailles qui n'en furent pas… Et qui ne se souvient, comme s'il les avait vécus lui-même, des jours heureux où ces amants furent amis ? La chanson de Prévert a fait le tour du monde.

*

Donc l'écriture, tracer des mots sur le sable du temps ?

Je brûle de souscrire à cette proposition. Mais je précise : à condition d'imaginer que cette trace aura un destin similaire aux empreintes de pattes d'oiseaux qu'au fond d'une vallée perdue, on retrouve parfois sur un pan de roche, vestiges de plages fossilisées depuis des millénaires.

3

Peur d'écrire

Autant le dire tout de suite : sauf à vouloir produire des textes formatés par les diktats de la littérature industrielle, pas de séjour dans la Maison-Écrire sans se trouver prisonnier, à un moment ou à un autre, de la chambre des peurs.

Nul n'y échappe. La veille, tout allait bien, et le lendemain on prend en horreur ce qu'on a écrit. Pire, on est incapable d'écrire une seule ligne, et si on s'en ouvre à son entourage, c'est pour se comparer à une terre aride : « Je sèche », ou à un malade atteint de lumbago : « Je suis bloqué. »

Les écrivains, par pudeur, ou souci d'entretenir le mythe d'une inspiration indéfiniment renouvelée, n'aiment pas évoquer ces épisodes. On en découvre des traces dans leurs correspondances, mais elles sont éparses et un seul document, à ma connaissance, en rend compte par le menu : le « journal d'écriture » tenu par Annie Ernaux pendant les vingt-cinq années où elle projeta un roman qui lui semblait plus essentiel que n'importe quel autre. Elle le commençait, l'abandonnait, se consacrait à de nouveaux textes, les publiait mais il fallait toujours qu'elle revienne à ce roman sans cesse inabouti et remanié, à chaque fois plus mécontente d'elle-même, jusqu'à ce qu'elle parvienne à l'achever en 2007, où il parut sous le titre *Les Années*, avec le succès que l'on connaît. Elle n'oublia pas pour autant le journal où elle avait consigné ses découragements et ses sursauts d'espoir. Elle le publia quatre ans plus tard. « Un témoignage, dit-elle, sur l'écriture telle qu'elle se vit au jour le jour dans la solitude. »

Vingt-cinq ans à endurer un va-et-vient permanent entre désir d'écrire et peur d'écrire, son expérience est extrême. Elle mentionne au moins sept enfermements dans « l'atelier noir » – le nom qu'elle a donné à sa chambre des peurs. Certains de ses blocages ont duré des mois, où son livre lui a paru encore plus essentiel alors qu'elle n'arrivait pas à en tracer une seule ligne, tournant en rond des journées entières, avoue-t-elle, « à la recherche d'une issue, tâtonnant, dressant des plans d'écriture sans suite comme autant d'échelles adossées au vide ».

Ce journal, curieusement, avoisine la chronique d'une emprise passionnelle. Éperdue aussi bien que perdue, elle ne parvient plus à distinguer peur d'écrire et désir d'écrire : « En même temps, j'en ai absolument besoin pour m'imprégner de tout ce qui est écriture, pour rejoindre ce territoire étrange qui est comme un autre monde où toutes les lois sont inconnues. »

Cercle vicieux : pour échapper à cet enfer, pas de solution sauf laisser place au désir d'écrire. Elle s'attelle à la énième reprise d'un énième début de roman, et aussitôt, retour en enfer ; elle relit cette version, mesure le fossé qui la sépare du livre qu'elle rêve d'écrire et la seule issue, comme d'habitude, c'est confier sa détresse à son journal, où elle relate cette nouvelle désillusion en femme déçue par une brève aventure sexuelle : « Sensation dégoûtante que ce n'était pas ça, ma voix. »

Le désir s'entête : « Qu'est-ce qui serait pour moi dangereux à écrire, donc excitant ? » Alors une fois de plus, ces mots de femme sous emprise : « Je continue, on verra bien », « Sauver mon histoire », « Connaître le désir qui est en moi ».

Elle s'accroche, reprend son roman. Timide, encore effrayée, sous forme de notes mais toujours pas disposée à le quitter : « C'est en écrivant que les choses reviennent. »

Elle a raison, elles reviennent. Puis, au moment précis où elle voit se profiler la fin du livre, nouveau blocage, fatalement suivi de jours de dégoût : « J'ai l'impression d'avoir conduit une voiture pourrie, en train de s'arrêter. »

En dépit de tout, elle avance. Sept mois plus tard, le livre est fini. Le désir a été plus fort que la peur.

La peur, sans doute, a nourri le désir.

*

J'ai découvert ce texte il y a peu. Lors de mes ateliers, quand on m'a demandé comment triompher de la terreur d'écrire, j'ai répondu, faute de mieux, qu'on n'entreprend pas un livre sans renoncer au confort et j'ai cité une phrase d'un livre sacré de l'Inde, très ancien, le *Mahâbhârata* : « On découvre l'insoupçonné, non en le cherchant, mais en se perdant. » Ces mots me sont d'un grand secours quand je me retrouve moi-même prisonnière de la chambre des peurs.

D'où vient cette peur d'écrire, si commune ? Pourquoi cette division entre le désir de laisser une trace et la crainte de la laisser ?

Piste parmi d'autres : le proverbe « Les paroles s'envolent, les écrits restent ».

Enfant, il m'a beaucoup marquée. Je l'ai entendu pour la première fois l'année de mes huit ans. Mon père s'apprête à écrire une lettre à je ne sais quelle administration. Comme toujours en pareille occasion, il est très préoccupé. Œil noir, mâchoires vissées, tête de pierre, sa vie est en jeu, c'est la guerre.

Ça ne m'effraie pas outre mesure. Je connais la suite, elle est immuable. Il va ouvrir un cahier de brouillon, s'emparer d'un crayon, aligner des mots, des phrases, puis les montrer à ma mère, qui s'exclamera : « Tu ne peux pas écrire ça ! », donc chamailles, ratures, corrections, encore des disputes et pour finir, au bout d'une heure, mise au point d'une version en forme de compromis. Le rituel se conclura par la « mise au propre », la reproduction scrupuleuse du brouillon sur le papier à lettres.

Mais ce soir, nouveauté (enfin, à ce qu'il me semble ; il l'a peut-être déjà fait et je ne l'ai pas remarqué), il ouvre solennellement le rituel par la formule : « Les paroles s'envolent, les écrits restent. »

Je me doute qu'il s'agit d'un proverbe : il l'a prononcée sur le même ton tranchant que ses sempiternels « C'est au pied du mur qu'on voit le maçon » ou « Qui n'avance pas, recule ». Je sais aussi qu'il est déplacé de contester ce type de sentences. Ça n'empêche que dans mon coin, je n'en pense pas moins : « Moi, je préfère les paroles. »

Et je les vois, ces paroles qui volent. La belle vie qu'elles ont, là-haut, dans le ciel, pas de comptes à rendre, libres comme l'air, tandis que les écrits, eux, cloués au sol…

Le plus curieux, c'est qu'à cette époque-là, j'ai pris goût à la « rédaction à sujet libre » ; et que certains mots – de simples paroles – m'ont déjà blessée au point que je me souviens encore de l'endroit où ils ont été prononcés.

*

J'ai fini par comprendre pourquoi mon père invoquait ce proverbe chaque fois qu'il s'apprêtait à écrire.

Les mots qu'il allait coucher sur le papier, il le savait, pouvaient se révéler ses meilleurs alliés comme ses pires ennemis. Même s'il les pesait et les repesait, quelle assurance avait-il qu'ils soient bien interprétés ? Il était de ceux qu'on appelait alors des « sortis de rien ». Tout ce qu'il avait appris, il le devait à ses quelques années d'école primaire et une passion pour les livres qui tenait de la religion. Il le saisit très tôt : la maîtrise de l'écriture fut pendant des siècles le privilège de l'élite. Dans sa bouche, la phrase « Les écrits restent » avait la solennité d'une formule conjuratoire. Avec elle, il espérait mettre les traces de son côté.

J'en suis convaincue : ce passé, pas si lointain, nourrit encore ma peur d'écrire. Il y a quelques minutes, d'ailleurs, au moment où j'ai vu se former sur mon écran les mots « Les écrits restent », j'ai revu, comme à sept ans, des oiseaux cloués au sol par la peur. Image parfaitement absurde puisque les oiseaux, lorsqu'ils sont effrayés, s'envolent…

J'en reviens à mon père. Comme beaucoup de Français, il fut prisonnier des Allemands entre 1940 et 1945, et de cette période, il a laissé de nombreuses traces, des carnets où il avait consigné de brefs récits ainsi que des poèmes et des ébauches de romans.

Il semblait y tenir, il ne les a pas détruits ; je les ai découverts après sa mort. Ces textes étaient calligraphiés avec soin et ne comportaient aucune rature. Je suppose donc qu'ils avaient été précédés, de la même façon que ses courriers administratifs, d'un ou de plusieurs brouillons.

En revanche, je n'ai pas retrouvé ses journaux intimes. Ma mère en connaissait l'existence. Elle les avait évoqués en son absence puis avait affirmé qu'il les conservait à la cave. Elle en parlait avec ironie, à croire qu'elle les avait lus.

De ces carnets, mon père ne m'a pas soufflé mot. Peut-être sa femme les lisait-elle, en effet ; il se peut qu'il s'en soit débarrassé lorsqu'il s'en est aperçu, et qu'ensuite, il ait cessé d'écrire – mouvement que j'aurais eu, comme je l'ai dit, si la mère de J. ne l'avait anticipé.

Ou il les a brûlés avant sa mort, par peur du jugement de celui ou celle qui les découvrirait après sa disparition.

Pudeur ? Le mot me paraît faible pour rendre compte de la radicalité du geste. À moins d'interroger une fois encore les mots anciens, en l'occurrence le *pudor* latin. Il décrit un sentiment sans commune mesure avec la pudeur. C'est celui, ravageur, de la honte ; et généralement le sentiment qu'on éprouve lorsque l'image qu'on aime offrir de soi est dégradée, voire carrément détruite par le regard de l'autre. Parlons clair : avec *pudor*, les Romains racontaient la violence qu'il y a à se retrouver nu, ou mis à nu.

On les imagine volontiers licencieux. C'est pourtant d'un mot de la même famille que *pudor* qu'ils nommaient le sexe masculin ou féminin : *pudenda* – au sens propre, la partie du corps qui, offerte à la vue, suscite fatalement la honte. L'exhiber, c'est courir le risque de se retrouver seul avec son impudeur. Inadmissible impudence…

*

On le pressent quand on entreprend d'écrire : on va se dévoiler ou être dévoilé. Et cependant, comme lorsqu'on a envie de faire l'amour, on passe outre. Mieux, on le désire, ce dévoilement. Au risque d'être rejeté, répudié au sens étymologique du terme : désigné à la vue de tous comme un être repoussant, incapable de susciter tout désir, et par conséquent, écrasé de honte.

Ici, parenthèse, histoire de dédramatiser le propos. En démocratie, on prend un seul risque en publiant ses écrits, celui qu'a si malicieusement (et justement) pointé Stephen King : « Ne plus être reçu par les gens convenables. »

Ce danger est-il si grand ? Tout bénéfice, au contraire. Économie de temps, économie d'énergie.

En matière d'écriture comme en amour, on a le choix : se taire ou parler. Ceux qui s'ouvrent de leur projet d'écriture recourent fréquemment au préambule : « J'écris quelque chose de personnel », précaution oratoire qui rappelle singulièrement le « J'ai rencontré quelqu'un » du discours amoureux. Dans ces mots retenus, on sent aussi le frisson des premiers temps d'une passion : que va-t-il se passer ? Peu importe, il se passe déjà quelque chose. Du neuf. On en tremble, on revit.

Au premier blocage, tout change. On convoque cette fois le lexique de l'infertilité – « Mon manuscrit a avorté », « Je suis devenu incapable de pondre quoi que ce soit » – ou le vocabulaire de la calamité agricole – « Je sèche », « Mon inspiration est tarie ».

Peur, désormais, de se retrouver dans une solitude où toutes les traces se perdront, un désert de l'amour. Il arrive alors qu'on se souvienne, désabusé et un brin nostalgique, du rassurant confort du journal intime.

Dans la Maison-Écrire, je consacrerais volontiers une pièce à ce cocon. Ce serait son vestibule. Il ne serait pas très éloigné de la chambre des peurs mais on ne risquerait pas de s'y retrouver emmuré, on y entrerait comme dans un moulin et on en sortirait de la même façon. Ni serrure, ni code, ni Sésame ouvre-toi. Et cependant la tranquillité absolue. Un cocon, vraiment.

Lorsqu'on tient un journal intime, on se plaît à imaginer qu'il n'a pas de destinataire. Ce serait la version écrite du « Je parle tout seul ».

Pour avoir observé des gens qui parlent tout seuls et avoir moi-même parlé toute seule, j'en doute. Pas de monologue qui ne s'adresse à quelqu'un.

Qui ? On aimerait bien, en tout cas, que ce quelqu'un soit là pour nous aider. Ou pour passer nos nerfs sur lui.

Le journal intime est le lointain cousin de ces paroles qui tombent dans le vide. Comme elles, il cherche à combler le creux de l'absence, et à cette fin, s'invente une Présence – je la dote ici d'une majuscule tant elle joue un rôle essentiel dans la vie de celles et ceux qui tiennent leur journal. Curieux phénomène, car la Présence reste d'ordinaire aussi nébuleuse dans l'esprit des diaristes que les bienveillantes, accueillantes et perpétuellement disponibles personnes dont j'avais peuplé, adolescente, ma « Maison-Écrire ».

Au siècle dernier, du reste, nombre de jeunes filles qui tenaient leur journal durent se faire la même réflexion que moi : elles se sentirent obligées de donner à la Présence des contours un peu plus nets. Pour justifier cette pratique solitaire qui avait à l'époque le même parfum d'interdit que les « rédactions à sujet libre » de mon enfance, elles s'imaginèrent qu'elles écrivaient des lettres à un ami, d'où la formule qui précédait chaque entrée de leur journal : « Mon cher petit cahier… » « Cher Journal… ».

Dans les tréfonds de leur inconscient, je présume, elles se réjouissaient qu'en français les mots « cahier » et « journal » relèvent du genre masculin.

*

La question, pour autant, reste posée : qui est au juste la Présence ? À qui écrit-on avec cette lettre qui n'en est pas une ? À son « Moi » fantasmé ? Au confident qu'on désespère de trouver ? Au mentor, à la compagne, au compagnon dont on rêve ? À un confesseur qui vous donnerait systématiquement l'absolution ? À celui ou celle dont on partage l'existence et qui ne vous écoute plus, ne vous entend même pas ? À un mort ?

La plupart du temps, on ne sait pas. À quoi bon chercher ? Dans le journal intime, seul compte le flux des mots et la double vie qu'on s'offre avec lui. On remonte, à l'abri des regards, sa propre trace.

Ceux qui s'autorisent à évoquer leur journal en sont conscients : ils en parlent comme des navigateurs en haute mer ou des randonneurs qui se sont lancés à l'assaut d'un désert. « C'est ma boussole, proclament-ils, il me sert à faire le point. »

Ou, comme l'écrit de façon encore plus saisissante une jeune diariste des années 1860 : « C'est l'arbre sur lequel Robinson faisait chaque jour une fente, et qui lui servit à compter ses années d'exil. » Elle se présente en naufragée qui sera un jour secourue puis ramenée à la terre ferme ; cette nouvelle vie, souligne-t-elle, ne s'ouvrira pas sur le mariage ou l'entrée en religion. Elle en attend, dit-elle, « l'air et la liberté, la vie d'artiste ».

Ambition singulière à l'époque, mais pour le reste, cette jeune fille ressemble à n'importe quel diariste : avec ce journal, elle s'invente un avenir. Elle le bâtit sur les réflexions, souvenirs, émotions qu'elle refuse d'abandonner à l'érosion du temps et que son cahier, page après page, sédimente et fige.

Si j'estime que le journal intime a sa place dans la Maison-Écrire, c'est qu'en bonne trace qu'il est, il appelle la narration. Comme toutes les formes de récit, il prend donc pour matériau le temps.

Son propos est d'en saisir le fil. Pareil à celui que fabriqua Ariane pour guider son amant dans le labyrinthe, il est à la fois ténu et solide. Il a aussi la même fonction : s'en sortir. S'y retrouver, en somme, ce qui explique que le récit s'invite avec une telle spontanéité dans le journal intime ; narrer, c'est chercher à donner de la cohérence à un amas chaotique de faits et d'émotions. Peu importe que cette narration se présente sous forme de fragments. Le journal s'accommode sans difficulté de la juxtaposition.

Au risque de multiplier des images hétéroclites, j'aimerais écrire qu'en plus d'Ariane, il y a du Petit Poucet chez l'auteur du journal intime. En guise de petits cailloux, il s'impose la contrainte de la date, et parfois, parsème son journal d'autres balises : illustrations, dessins, voire des traces dont le sens et le prix sont connus de lui seul, fleurs séchées, cartes de visite, billets de train, prospectus, menus. Ou n'importe quoi d'autre pourvu qu'avec ces jalons il puisse un jour ressusciter des éclats de mémoire, et ainsi, se retrouver dans la forêt du Temps.

Quel confort, ce journal, et aussi quel réconfort !

Il m'évoque irrésistiblement l'image de ces salons où, le soir, fatigué, on envoie ses chaussures valdinguer avant de s'effondrer en soufflant « Pffou… » sur un canapé qui n'attend que ça. Répit, relâche.

Et défoulement. On a laissé la honte à la porte, tout est possible. Mentir, se mentir, travestir, arranger, biaiser, truquer, fausser les perspectives, noyer le poisson (procédés, soit dit en passant, familiers des romanciers), se vanter, se rabaisser, au choix, du moment que ça fait du bien, raconter ses pires turpitudes, voire se vautrer dans les délices inégalables du narcissisme : quelle importance ? Derrière vous, personne pour vous critiquer, vous déranger ni même grommeler le célèbre « Hmm, hmm… » des psychanalystes : la Présence est muette.

De temps en temps, oui, peut-être, elle va émettre des réserves, se manifester sous la forme de ce qu'on appelle la « conscience », mais rarement sous les dehors effroyables que Hugo lui prête dans *La Légende des siècles* – « L'œil était dans la tombe et regardait Caïn ». Il m'arrive d'ailleurs de me demander si la Présence n'a pas tendance à s'assoupir quelques minutes après que le « Moi » du journal intime s'est affalé sur son canapé.

*

Entre autres libertés, le journal intime peut s'offrir le luxe de détourner le principe qui le fonde : l'écriture clandestine. Sans aller jusqu'aux extrêmes des héros que Junichirô Tanizaki met en scène dans son roman *La Confession impudique* – mari et femme y tiennent des carnets dont chacun sait que l'autre les lit et tentent ainsi de réveiller une passion sexuelle qui s'éteint –, on peut laisser traîner son journal afin de le transformer en messager.

La démarche est perverse mais cohérente puisque le journal a pour vocation de recueillir l'incommunicable. Là encore, le journal ne fait pas dans le détail. Il héberge toutes les variétés d'indicible, les aveux impossibles comme les souffrances de la maladie, de l'emprisonnement, du deuil, chroniques parfois si poignantes qu'à la relecture on s'aperçoit qu'elles n'ont plus rien d'intime : elles touchent à l'universel.

La tentation est grande, alors, de publier son journal. Ce fut peut-être le vœu de Marie Curie quand elle relut le carnet où elle s'était épanchée dans les mois qui suivirent la mort accidentelle de son mari. Contrairement à la plupart des lettres où il était question de sa vie amoureuse, elle n'a pas détruit ce calepin, tout juste l'a-t-elle expurgé, en découpant minutieusement à la lame de rasoir de très brefs passages « indécents » – un terme d'époque pour désigner tout ce qui évoque la sexualité.

Anne Frank, elle, prend conscience de l'universalité de son journal en 1944, deux ans après l'avoir commencé. Convaincue que la guerre touche à sa fin et qu'elle va échapper aux griffes des nazis, elle se donne pour objectif de publier ces carnets quand elle sera libérée. Pas sous leur forme brute ; elle y voit le matériau d'un roman. Dans un carnet séparé, elle remanie donc le texte originel, l'enrichit de souvenirs et de temps à autre, comme Marie Curie, l'expurge. Elle n'abandonne pas son journal ; elle continue de le tenir sur le même principe qu'avant, des lettres adressées à une amie imaginaire qu'elle a prénommée Kitty. Le résultat ne se fait pas attendre : elle se détache de cette Présence. La fiction n'est pas loin.

Il arrive aussi qu'on noircisse des carnets comme on prendrait des antidépresseurs, « pour tenir le coup ». Une médication temporaire, qu'on s'empresse d'oublier quand on va mieux. Puis un jour, on retrouve ces carnets et on n'en revient pas : c'est une histoire. À l'état natif, mais malgré tout, une histoire.

Ça m'est arrivé. Après le meurtre de ma sœur aînée, anéantie au point, parfois, d'être incapable de proférer un mot, un ami m'a suggéré d'employer mes nuits d'insomnie à noter sur des carnets tout ce qui me passait par la tête. Tout, m'a-t-il conseillé, absolument tout, pas seulement la révolte que m'inspirait le triple silence de la police, de la justice et de ma famille sur ce crime atroce ; des souvenirs aussi, des choses vues, entendues, mes rêves, mes cauchemars, et la sensation d'être emmurée qui me poursuivait sans relâche.

La pratique du journal intime ne m'avait pas tentée. Je n'avais jamais tenu que des carnets de voyage, et encore, sous la forme de notes hâtivement rédigées et datées. Mais cet ami n'avait pas prononcé le mot « journal » et je me sentais si égarée, à cette époque de ma vie, que j'ai vu dans sa suggestion une alternative à la camisole d'anxiolytiques où d'autres me proposaient d'enfermer mes angoisses.

J'ai donc suivi son conseil. Plutôt sceptique, je dois l'avouer, jusqu'au jour où j'ai constaté que j'avais retrouvé toute ma tête et assez d'énergie pour entreprendre les démarches qu'imposait le bon sens :

prendre un avocat et tenter de faire nommer un juge d'instruction – personne, étrangement, ne l'avait fait. Quatorze mois après le meurtre, comme la justice, de façon encore plus énigmatique, restait sourde à mes demandes d'éclaircissement et que l'affaire semblait enterrée, je n'ai vu qu'une issue : écrire un livre. Je me suis alors souvenue de mes calepins.

De bien pauvres choses. Un fatras de notes discontinues, griffonnées sans le moindre souci de « style » et qui, par surcroît, n'étaient pas toujours datées. Mais je me suis vite aperçue qu'elles n'étaient pas aussi incohérentes qu'il y paraissait. Sous forme de pièces et morceaux (à l'image de la femme que j'étais à l'époque, « en vrac », disais-je), j'avais constitué les annales du silence, rédigé la chronique d'un crime jugé d'emblée sans importance, l'ordinaire de la vie d'un justiciable confronté à l'indifférence générale. Le livre était là, sous mes yeux, mosaïque en éclats eux-mêmes fracassés ; ils n'attendaient qu'à être rassemblés, restaurés, transfigurés.

Ce n'était pas seulement la sœur de la morte qui déchiffrait ces notes. Quelqu'un d'autre les lisait avec elle, la femme narrative, celle qui revisitait ces traces pour les convertir en mots à même de dire ce qui ne pouvait pas être dit.

*

Il n'y a pas de forme plus plastique que le journal intime. On peut le tenir toute sa vie ou quelques jours, en faire la chronique d'une passion ou un cahier de recherches.

Ce cocon, on ne le dira jamais assez, chacun a droit de l'habiter et de le meubler à sa façon. Au moment où les très parisiens frères Goncourt brossaient dans leur journal le tableau du XIXe siècle politique et artistique (suprême liberté, ils l'écrivaient à quatre mains), d'innombrables jeunes provinciales en attente d'un mari relataient les hauts et les bas de leurs âmes sentimentales à leur « cher cahier ». Pratique éphémère, contrairement à celle des Goncourt qui couvrit plusieurs décennies. Sitôt mariées, elles y renonçaient, et la plupart du temps détruisaient leur journal.

À la façon d'Anaïs Nin, on peut aussi faire de son journal un objet littéraire et se fixer comme horizon sa publication. Les contours de la Présence se précisent alors ; ce sont les futurs lecteurs.

On a même tout loisir de transformer son journal intime en outil de vengeance posthume. Il suffit de s'y répandre en médisances, calomnies, méchancetés, révélations toutes plus vachardes sur les uns et les autres en jouissant par avance de la fureur impuissante qui les saisira lorsqu'ils le découvriront. Des écrivains, c'est arrivé, ont tenu un journal à cette seule fin et en ont méticuleusement organisé l'édition.

Toujours le même rêve : s'offrir une autre vie.

*

« Vestibule de l'écriture », ai-je dit du journal intime. Mais si c'était le moyen, pour certains, de différer le moment où ils vont se confronter aux « choses sérieuses », le corps-à-corps sans pitié avec le livre dont ils rêvent et sa nécessaire impudeur ? S'ils avaient transformé la Présence en complice de leurs peurs ?

Et alors ? L'espace du journal intime est un lieu d'absolue liberté, pas d'obligation, pas de sanction. Donc pourquoi s'en priver ?

Chaque ouverture du journal intime est-elle précédée de ces préliminaires quasi religieux qu'il est convenu de nommer « rituels d'écriture » et sur lesquels on ne cesse de questionner les écrivains ? Je n'en ai pas l'impression. Cette pratique, me semble-t-il, est réservée à ce que j'ai appelé plus haut les « choses sérieuses » : un texte dont on souhaite qu'il soit publié. On s'en doute, ce ne sera pas une partie de plaisir, comme l'indique le lexique guerrier des expressions dont on désigne ces moments : « s'attaquer à son livre », « affronter la page blanche ». L'heure est grave :

comment ne pas chercher, en cet instant solennel, à mettre la chance, les dieux ou les « bonnes ondes » de son côté ?

J'ai découvert sur Internet quantité de sites consacrés à ces rituels. Qu'on se rassure, on n'y propose ni mantras ni formules conjuratoires, pas même la sentence chère à mon père, « Les écrits restent ». Juste de « petits gestes », comme l'annoncent gentiment les auteurs de ces blogs, qui déroulent parfois des cérémoniaux très élaborés : enfilage de vêtements amples et souples puis jogging, retour chez soi, douche prolongée, allumage de bâtonnets d'encens, de bougies parfumées, vaporisations d'huiles essentielles apaisantes, automassage, méditation sur fond de musique relaxante à moins qu'on ne préfère tout le contraire, une petite danse sur des mélodies « rythmées » ; et pour les femmes, en sus de ces préliminaires, un « rituel beauté » : masque, maquillage, vérification du vernis à ongles.

Plus inventive que les autres, une jeune autrice conseille l'exercice suivant : avant d'écrire, visualiser l'image qu'on se fait de l'écrivain. Elle illustre sa recommandation de son propre fantasme. C'est un homme ; il est actif, dit-elle. Elle précise le sens qu'elle donne au mot « actif » : intellectuel mais aussi sportif. Elle le voit fixer l'écran de son ordinateur. Il a posé sur son bureau un café brûlant. Il ne l'a pas encore bu, il a allumé une cigarette et il fume.

Je ne jetterai pas la pierre à cette blogueuse. Les Grecs de l'Antiquité s'étaient eux-mêmes inventé un rituel où la frontière entre la sacralisation de l'écriture et le fantasme érotique était très floue. Dès le VIIe siècle avant J.-C., pas question de se lancer dans la composition ou la récitation d'un texte sans invoquer préalablement ces déesses les plus sexy de l'Olympe après Aphrodite : les Muses. On leur attribuait le pouvoir de préserver les artistes de l'impuissance créatrice, d'où les prières qui ouvrent les deux premiers textes de la littérature occidentale, l'*Iliade* et l'*Odyssée* : des suppliques à l'une de ces neuf créatures de rêve, aussi dominatrices que séduisantes. Sans elles, pas moyen d'être inspiré, au sens fort du terme : habité par leur souffle.

Ce fantasme d'une fusion avec une divinité féminine dotée d'un pouvoir d'attraction sexuelle hors du commun a eu la vie dure. À Rome, des siècles plus tard, quiconque voulait se mesurer à la toute-puissance des mots se sentait tenu de se fendre de sa prière aux Muses, fût-elle purement formelle.

On notera aussi que dans l'Antiquité, aucun « Muson » ne fut proposé aux femmes, pour cause : à l'époque, elles n'étaient pas censées faire œuvre littéraire ; Sappho, qui s'y risqua, fit scandale.

La blogueuse que j'ai évoquée s'en est inventé un. J'y vois un signe, un bon signe : les femmes s'autorisent désormais à investir un territoire qui leur fut interdit pendant des millénaires.

Donc pourquoi pas des « rituels d'écriture » ? Le fantasme antique des Muses et ses intenses connotations sexuelles révèlent que la peur de la panne d'inspiration est indissociable de l'acte créatif. Lorsque je lis ces blogs, je n'ai qu'une seule réserve : leurs cérémoniaux s'apparentent à une liturgie du bien-être. Une médecine douce ou parallèle qui dissoudrait infailliblement la peur d'écrire et garantirait, comme la supplique aux Muses, la visitation de la sacro-sainte inspiration.

Inspiration : si seulement je savais ce que c'est. Je ne connais, lorsque j'écris, que des jours avec et jours sans, et la vie que je mène est à l'image des voyages, les vrais voyages, ceux qu'on fait, longs, sur des routes peu sûres, prodigieux mais risqués, donc parfois effrayants quand ils ne sont pas décourageants – « Qu'est-ce que je fous là… », « Qu'est-ce qui m'a pris de me fourrer dans ce guêpier, j'aurais mieux fait de rester chez moi… ».

Cela dit, je ne suis pas étrangère à la pensée magique. À côté de mon ordinateur, j'ai déposé, à la place d'un café brûlant, une image que j'ai précisément découverte lors d'une équipée mouvementée, l'effigie de

Ganesh, le dieu hindouiste qui protège tous ceux qui se lancent dans une aventure hasardeuse, commerçants, étudiants qui vont passer un examen, chauffeurs de poids lourds, artistes, éditeurs, voleurs, avec une prédilection affichée pour les écrivains car ce jeune et joyeux filou, selon la légende, fut lui-même impliqué dans la rédaction du *Mahâbhârata*.

De ce dieu mi-éléphant, mi-enfant, j'aime tout. La malice gamine, les yeux vifs à en transpercer les âmes, la mémoire sans laquelle il n'est pas d'invention, les oreilles d'une taille impressionnante, constamment à l'écoute du monde, le collier dont les boules portent chacune une lettre de l'alphabet, les pattes qui se jouent des obstacles, le ventre gros d'aventures – il en fera sûrement des histoires –, la trompe attrape-tout – il en fera encore des histoires.

J'aime aussi que, toujours selon la légende, le jour

où le sage Vaishya voulut lui dicter son récit, le petit Ganesh n'hésita pas à casser sa défense droite afin d'en faire un stylo. Il avait assez de confiance dans les mots pour estimer qu'en cas d'attaque, la gauche lui suffirait.

À la vérité, je ne saisis pas très bien quels rapports il entretient avec l'écrivain qui lui dicte son livre. Je ne serais pas étonnée que Ganesh et lui ne soient qu'une seule et même personne. L'une dicte, l'autre écrit, mais la même conviction les habite : le monde n'est pas toujours ce qu'on dit, il a un secret. Et ce secret, ce sont les histoires qui en parlent.

Au fait : sommes-nous sûrs de savoir ce qu'est une histoire ?

4

Chercher le caché

À la question « Qu'est-ce qu'une histoire ? », l'Inde – encore elle – répond par une autre histoire, celle dont se fit l'écho, au XIe siècle de notre ère, le plus célèbre recueil de contes de la littérature indienne, *L'Océan où se jettent les rivières des histoires*[1]. Son auteur, Somadeva, un homme dont on ne sait presque rien, a-t-il inventé cette légende ? Ou l'a-t-il empruntée aux conteurs ambulants qui sillonnaient les déserts et les jungles depuis la nuit des temps ? C'est bien possible ; certains d'entre eux, au Rajasthan, évoquent encore le mythe d'un océan soustrait à la vue des humains et continûment nourri par des rivières intarissables. Toujours d'après eux, leur flux lui-même invisible charrie un nombre incalculable d'histoires,

1. Ce titre a été traduit de façons très diverses. Dans son édition de la Pléiade (Gallimard, 1997) l'éditeur a opté pour : « Océan des rivières de contes ».

et l'humanité, du coup, ne cessera jamais d'en être abreuvée.

*

La puissance et la justesse de cette légende m'impressionnent. Pas un jour sans que nous racontions une histoire ou que nous en écoutions une. Nous allons jusqu'à nous en raconter à nous-mêmes et elles s'invitent dans nos nuits, travesties en récits cryptés, ces rêves qui en disent si long sur notre histoire.

Plus stupéfiant, personne ne semble s'étonner ni se plaindre de ce flux narratif ininterrompu. On dirait que les histoires existent depuis toujours et leur nom même – *historia* en grec, puis *historia* en latin, avant de donner le français « histoire » et l'anglais *story* – paraît couler de source.

Oui, mais de quelle source ?

Lorsque j'ai ouvert mes dictionnaires, j'ai naïvement imaginé que l'*historia* des Grecs dérivait d'une racine désignant l'acte de raconter, quelque chose comme « déclamer », « psalmodier » – je me souvenais qu'avant d'être écrits, les premiers contes et mythes fondateurs furent récités ou chantés.

Mais les joies de l'étymologie ressemblent au plaisir que procure l'ouverture d'une pochette-surprise et c'est avec la plus grande stupeur que j'ai découvert que l'ancêtre d'*historia*, *oïda*, un verbe qui signifie « je sais parce que j'ai vu », a lui-même pour aïeule une très vieille racine indo-européenne, *weïd* – voir. Mon dictionnaire m'a aussi révélé qu'on retrouve cette racine dans le latin *video* – « je vois » – et ses innombrables dérivés ultérieurs, dont le mot « vision ».

Le « voir » de *weïd*, pourtant, n'évoquait en rien la vision au sens ophtalmologique du terme. C'était un « voir » pensant, attentif, celui d'un humain qui observe la réalité et, pour y parvenir, mobilise simultanément sa mémoire et ses capacités d'analyse. Il compare ce qu'il voit à ce qu'il a déjà vu, en déduit peut-être qu'il n'a rien vu de tel, mais dans tous les cas, il emmagasine ce qu'il a vu et pensé de ce « vu » : son « voir », ainsi, se transforme en savoir.

Celui qui a vu devient ainsi une trace vivante, et comme toute trace, on peut l'interroger : le voici témoin.

*

Aux temps les plus archaïques de la Grèce, on appelle le témoin *histôr*. Puis les temps changent, et avec eux, le sens du mot. Dans le monde d'Homère, fait de petites communautés déchirées par toutes sortes de querelles, la coutume veut désormais qu'avant de rendre la justice, un homme se charge de retrouver les témoins des conflits. C'est maintenant lui, l'*histôr*.

L'a-t-on choisi parce qu'il en a tellement vu qu'il en sait long sur les hommes et leurs comportements, qu'il est sagace et sensé ? C'est ce que suggère un dérivé, comme lui, de la vieille racine *weïd*, le mot anglais *wisdom*, la « sagesse ». En tout cas, l'*histôr* ne se presse pas. Il interroge les uns et les autres, recueille leurs récits, note leurs convergences, leurs divergences, puis se fait un point de vue, préfigurant ainsi le magistrat instructeur de nos tribunaux, l'enquêteur du roman policier, le journaliste d'investigation et l'historien.

J'aurais pu en rester là de mes recherches et en venir ici à l'extravagante prof de philo qui, l'année de mon bac, lors de cours tout aussi foutraques, me conduisit à m'interroger sur le rôle des histoires dans nos vies. Mais ma pochette-surprise étymologique était loin d'être vide. Je n'en avais pas fini avec le mot *histôr* que je découvrais que les Grecs avaient mis trois siècles avant d'inventer le mot *historia*. Mieux, ce mot qui revient si souvent dans nos conversations n'aurait peut-être jamais existé sans l'intervention d'un intellectuel hardi, fureteur et curieux de tout, Hérodote. Il avait à peine un an lorsqu'un traité de paix mit fin à l'un des plus terribles conflits de l'Antiquité, la guerre qui, durant deux décennies, opposa une coalition de cités hellènes à l'Empire perse. La prospérité de sa famille en avait beaucoup pâti et il fut sans doute abreuvé très tôt de récits de ces affrontements meurtriers car il voulut les comprendre et il saisit dès sa prime jeunesse que le meilleur moyen d'y voir clair était de voyager. Pendant ses pérégrinations – certaines lointaines, Perse, Syrie, Égypte, jusqu'aux confins de la Géorgie et de l'Ukraine modernes –, il ne cessa de tenter d'en savoir plus sur le conflit. Marchands, aubergistes, conteurs des rues, gardiens de sanctuaires, hommes de pouvoir ou compagnons de rencontre, il interrogea chacun, écouta, nota, et une fois rentré en Grèce, décida d'écrire.

Il aurait pu se contenter de relater ses voyages, c'était déjà un sujet inouï. La guerre, cependant, continuait à l'obséder ; et de ce qu'il avait entendu, il voulait tirer des leçons. Il ne voyait qu'une façon d'y parvenir : à partir de ces témoignages, établir par quel enchaînement de causes et d'effets les hommes en étaient venus à se trucider.

Il précise ce projet dès les premières lignes de son livre. Il ne se limitera pas à relater les faits qui se sont déroulés dans son camp, celui des Grecs ; il traitera aussi de ce qui s'est passé dans le camp perse. C'est en croisant ces deux points de vue qu'il déterminera les origines de la guerre.

Cette démarche n'a pas de précédent, et par conséquent pas de nom. Il forme alors le néologisme *historia*, d'après le métier qui, selon lui, évoque le mieux sa méthode : cet enquêteur-arbitre qu'au temps d'Homère on nommait *histôr*. Le titre de son ouvrage est donc tout trouvé : *Historiaï* – « L'Écoute des témoignages » ou plus simplement « Les Enquêtes ».

Le matériau des investigations d'Hérodote n'était pas des enquêtes au sens moderne du terme. Il n'avait pas vérifié ses sources, avait parfois colporté des rumeurs infondées, et de temps à autre, inséré des contes au beau milieu de ses récits. N'empêche, sa démarche parut si neuve que le titre de son livre finit par se confondre avec elle et le mot *historia* servit dès lors à désigner ces narrations d'un genre inédit, qui consistent à enquêter sur les événements marquants d'une société donnée, puis à les relier par des liens de cause à effet ; et puisque Hérodote avait inventé ce nouveau champ du savoir et de la narration, on l'appela « le Père de l'Histoire ».

On aura noté que, sous cette acception, le mot « histoire » est doté d'une majuscule. C'est que l'œuvre d'Hérodote a elle-même une histoire, et comme toute histoire qui se respecte, elle est marquée par un rebondissement spectaculaire. Dès l'Antiquité, on conteste ses analyses. Les uns les estiment trop favorables aux Grecs, les autres, exagérément pro-Perses, tandis qu'un dernier groupe les juge fantaisistes ou carrément fallacieuses. Hérodote, de Père de l'Histoire qu'il était, se retrouve soudain affublé du surnom de « Père du mensonge » – sans majuscule à « mensonge ».

*

En français, longtemps le mot « histoire », hérité de ce vieil *historia*, s'est scindé en deux tribus de significations. Dans le premier groupe, il est toujours au singulier et doté d'un impérial grand *H*. C'est « l'Histoire, la grande », comme on dit en soulignant qu'il ne faut surtout pas la confondre avec l'autre tribu, celles des histoires avec un petit *h*, toute une horde vagabonde et bohème où se côtoient les narrateurs les plus divers, ces saltimbanques du récit, conteurs, romanciers, chroniqueurs, journalistes, dont les relations avec la vérité et le mensonge n'ont jamais été très claires.

Mais l'Histoire-la-Grande serait très mal avisée de renier la séquence d'ADN qu'elle partage avec les bataillons anarchiques et échevelés des histoires à petit *h*. Elle se fonde comme eux sur la conviction que les humains ne peuvent ni vivre ni survivre sans trouver des raisons à ce qui leur tombe dessus. Aussi, toute précédée qu'elle soit de sa digne majuscule, elle doit bien le reconnaître : elle et les histoires sont nées sous le même signe, celui du regard et du point d'interrogation.

Les histoires, à la vérité, n'avaient pas attendu qu'on les appelle « histoires » pour exister. Les humains, depuis des milliers d'années, avaient compris que les choses n'arrivent pas « comme ça ». Pas une société qui ne se soit construite sur des mythes, fables, contes et légendes des commencements – souvent le récit d'une faute originelle et des calamités qu'elle a engendrées, déluge, guerres, migrations.

Le déroulement de ces effets de chaîne, bien sûr, a été revisité par l'imagination des conteurs mais personne, à l'époque, n'a songé à s'interroger sur la véracité de leurs propos. De ces récits des origines, on attendait tout autre chose : un enracinement dans le temps et le sentiment d'appartenance à un groupe. Pour peu que d'autres calamités surgissent, la tribu restera soudée par une mémoire commune et des secrets primordiaux. Le récit des origines lui apprendra à survivre et comment survivre.

Sommes-nous si différents ? Notre faim d'histoires, toujours aussi insatiable, a la même source : peur de la mort et de ce qui nous rappelle la mort, la nuit, la maladie, le deuil, la guerre ; et ces heures d'anxiété sournoise, l'attente, l'ennui, qu'à juste titre nous appelons des « temps morts ».

Ceux qui racontent des histoires, quels qu'ils soient, sont donc de grands réanimateurs. Grâce à eux, le temps reprend vie. Il était muet, il nous reparle. Il ne bougeait plus, il se lève, marche, nous empoigne, puis nous entraîne dans un monde parallèle dont les lois, même quand elles sont sans pitié, nous paraissent plus limpides. Ainsi, lorsqu'une histoire nous « prend », nos peurs s'évanouissent.

« Comme par enchantement », disons-nous. Ces instants de grâce, à mon avis, ne relèvent pas du miracle. Ça nous plaît tellement, avouons-le, qu'il nous arrive quelque chose sans que ça nous arrive vraiment.

Comme je l'ai dit, j'ai commencé à m'interroger sur les histoires l'année où je préparais mon bac. Ma prof de philo venait d'aborder le chapitre du programme qui s'intitulait « Le temps ».

Elle l'a ouvert sur les théories d'Aristote. Je n'y comprenais pas grand-chose, j'accumulais les notes dans l'espoir vague qu'en les relisant, j'y verrais un peu plus clair. Je n'ai relevé le nez de mon cahier qu'au moment où elle a claironné : « Aristote, naissance des concepts narratifs ! » Elle déroulait au tableau une formule qui m'a paru sortir d'un cours de maths : « *histoire = point de vue + héros + imprévu = action → destin (= destination de la narration)* ».

Puis, dans un triomphal élan du bras droit (un de ces gestes, précisément, que je n'avais connus qu'à mes profs de maths lorsqu'ils concluaient une démonstration dont la logique, comme la philosophie d'Aristote, m'avait presque entièrement échappé), elle a entouré la formule d'un cercle de craie, l'a légendée en majuscules : « TEMPS FICTIF », et s'est exclamée, les joues en feu : « Et si un jour, vous voulez écrire un roman, retenez ça ! »

Depuis deux ans, j'avais perdu de vue ma Maison-Écrire. Je poursuivais en aveugle un seul objectif, décrocher mon bac au plus vite et quitter ma famille. J'ai consigné son équation dans mon cahier comme si c'était un théorème ou une formule chimique, avec scrupule mais détachement.

J'aimais pourtant cette prof. Plus qu'une enseignante, c'était une éveilleuse. Petite célibataire sans âge, tassée mais très vive, elle pratiquait une pédagogie qui me séduisait autant qu'elle me déconcertait, celle du détour. Ce que je n'avais pas compris, je finissais par l'entrevoir dans ses digressions en forme de fulgurances où, comme disaient mes camarades de classe, « elle partait ».

Durant les deux semaines qu'elle a consacrées à son cours sur le temps, elle est « partie » très souvent, et ce fut presque toujours pour parler de l'écriture.

Je me rappelle comment, dans ces moments-là, nous l'écoutions, mes camarades et moi : déchirées entre le désir de nous laisser aveuglément subjuguer et l'envie de recopier le moindre de ses mots d'une main dévote.

Souvenirs épars des « fulgurances » de ma prof de philo :

« Lorsque vous évoquez le temps passé, vous dites très fréquemment : “Je revois la scène.” Seulement, quand on vous demande de décrire cette scène, on s'aperçoit que votre mémoire, en plus de ce que vous avez vu, a enregistré ce que vous avez entendu. Preuve que les oreilles, comme les yeux, se souviennent. D'ailleurs, relisez les romans que vous avez au programme : les personnages sont presque tous dotés d'une voix. Et le romancier lui-même a une voix. Pas d'écrivain sans voix. »

Puis elle s'aperçoit qu'elle s'est emballée et se reprend : « Enfin, dans un roman, tout est mélangé, l'œil et la voix. »

Mais c'est plus fort qu'elle, elle repart : « Comme disait Claudel : l'œil écoute ! »

Un autre jour, elle se lance dans une digression sur le troisième œil : « C'est l'œil intérieur, celui qu'on acquiert lorsqu'on transforme le temps en mémoire, la mémoire en expérience puis l'expérience en connaissance. » Elle marque une petite pause et grinche : « Avec une majuscule à *connaissance*, s'il vous plaît ! »

Et avant même que nous ayons formé sur nos cahiers cette majuscule à laquelle elle tient tant, nouvelle embardée lyrique : « Le troisième œil ! Celui que personne ne voit ! Enfoui au fond du cerveau, c'est lui qui vous servira à transpercer la réalité. Il voit tout ce qu'il y a par en dessous, le troisième œil, le passé, le présent, parfois le futur ! Et il déshabille les âmes ! »

Elle conclut, péremptoire : « Pas de philosophe ni d'écrivain sans troisième œil ! Regardez Homère ! Il était aveugle mais il ne s'aveuglait pas ! Avec son troisième œil, au contraire, il voyait mieux que les autres, tous ces Achille et ces Hector qui avaient, paraît-il, un œil d'aigle ! Homère, c'est le père de Rimbaud ! Il a su avant tout le monde, lui, que le poète doit se faire voyant ! »

Un jour aussi, elle tente (en pure perte, pour ce qui me concerne) de nous expliquer la relation temps-espace dans la théorie de la relativité. Comme elle sent que notre attention se fait flottante, elle nous lance sur le ton de la révélation fracassante : « Et savez-vous que des écrivains ont imaginé des suites différentes à des événements qui se sont réellement passés ? Faire ça, figurez-vous, ça s'appelle écrire une uchronie. D'ailleurs, on va essayer. Question : "Qu'est-ce qui serait arrivé si le débarquement de 44 avait échoué ?" »

Le silence qui s'abat sur la classe, ce jour-là, n'a plus rien de religieux. On est atterrées. Ma voisine, blême, me dévisage puis finit par me souffler : « On ne serait pas nées. »

Une autre fois, toujours au prétexte de nous parler de la notion du temps, elle s'offre un détour de plus et évoque un genre littéraire dont nous ignorons tout, le nouveau roman, et comme pour le temps fictif elle déroule au tableau une formule : « *nouveau roman = pas de sujet, pas de héros, pas de personnages, pas d'intrigue, pas de psychologie → temps (ou imprévu, ou action) = couches de temps, sous-temps, sous-sous-temps → roman = roman du roman* ».

Puis elle nous résume *Les Gommes* de Robbe-Grillet et soudain s'époumone : « Lisez ce livre, il est révolutionnaire ! »

Ma sœur aînée l'avait étudié quand elle préparait sa licence de lettres et il figurait en bonne place dans sa bibliothèque. À mon retour chez moi, j'avais donc tout loisir de me ruer dessus mais la formule de ma prof m'en a découragée. Je n'ai réussi à lire et aimer *Les Gommes* que des années plus tard, quand j'ai rencontré Robbe-Grillet : à l'oral et en privé, un prodigieux conteur. Il enfilait les anecdotes sur ses consœurs et confrères du nouveau roman avec le même brio que le vieil auteur indien de *L'Océan où se jettent les rivières des histoires*. Début-milieu-fin, suspense, personnages, psychologie, portraits (généralement vachards) : tout y était, sauf ces couches de temps, sous-temps et sous-sous-temps qui m'avaient tellement effrayée quand j'avais recopié la formule de ma prof.

Est-ce qu'elle en écrivait, dans son coin, de ces « nouveaux romans » ? Je l'ai soupçonné. Et rétrospectivement – sous l'effet, peut-être, d'un de ces remaniements de la mémoire contre lesquels elle ne cessait de nous mettre en garde –, je lui trouve, avec son corps sans taille et ses lunettes sixties, un petit air de famille avec Marguerite Duras.

*

Son cours sur le temps s'est terminé sur un inventaire des types de narration. Convaincue, à tort, que notre prof de français était nulle, elle y a consacré une heure pleine et l'a ouverte sur la proclamation : « Ce n'est qu'un aspect de la question philosophique du temps, mais vous ne pouvez quand même pas vous présenter au bac sans savoir ça ! » Et sur-le-champ, elle a entrepris de passer en revue tous les genres littéraires, mythe, conte, récit, épopée, saga, conte moral, conte philosophique, autobiographie, chronique, puis le roman dans tous ses états, d'aventures, de chevalerie, épistolaire, historique, érotique, picaresque, réaliste, fantastique, psychologique, de science-fiction, et comme c'était prévisible, nouveau roman. Je me souviens qu'elle a été jusqu'à citer le fabliau et la sotie.

Elle avait sûrement rêvé que cette taxinomie des genres littéraires égale en rigueur le classement des espèces végétales et animales de Linné. À la fin du cours, le tableau était entièrement couvert de colonnes et sous-colonnes. Elle avait dû aussi penser à Darwin ; elle avait strié son diagramme d'une avalanche de flèches qui reliaient les sous-colonnes aux colonnes, ce qui semblait indiquer que chaque genre était le fils du précédent. Comment ça, pourquoi ? Contrairement à Darwin dans sa théorie de l'évolution, elle n'en avait rien dit. Pas un mot non plus sur la prolifération subite, à l'époque moderne, de cette fabuleuse biodiversité littéraire.

J'aurais pu la questionner. L'idée m'en a effleurée. Mais j'en avais assez de son cours sur le temps. Et je me demandais si, avec son diagramme, elle ne s'était pas déçue elle-même.

Il y a deux mois, je suis tombée sur une image qui m'a rappelé ce cours. Elle représente un personnage extrêmement populaire du Grand-Guignol d'autrefois, « la

mère Gigogne », une impérieuse matrone vêtue d'une robe très ample d'où ne cessent de sortir des gamins tout aussi vigoureux et décidés qu'elle.

Sous l'image, un texte expliquait que les spectateurs du Grand-Guignol, grands ou petits, attendaient fiévreusement l'apparition de cette matrone et de ses mouflets. Les marionnettistes, lors de cette scène, devaient mobiliser toutes leurs ressources d'invention et de dextérité.

Cette figure m'a donné envie de réécrire le cours de ma prof de philo. De la mère Gigogne, je ferais la Mère des histoires. À chaque enfant-histoire surgi de ses jupons, elle assignerait un nom de son cru. Au premier, « Conte », par exemple ; au suivant « Récit » ou « Nouvelle » ou « Biographie », « Biographie Romancée », « Autobiographie », « Héroïc Fantasy », « Roman Historique », « Roman National » « Roman Psychologique », « Roman Polyphonique », « Roman Social », « Roman Réaliste », « Roman Policier » « Roman D'espionnage », « Roman Vrai », « Roman Rose », « Roman Noir », bref, roman de ceci, roman de cela, fiction de ceci, de cela, « Autofiction », « Rétrofiction », « Science-Fiction », « Métafiction », « Exofiction », « Transfiction », « Microfiction », « Webfiction », « Fan Fiction », « Climat Fiction » ; et pour les derniers rejetons de la matrone, des noms ultramodernes tels que « Chick-Lit » ou « Sick-Lit » – ce qui lui chante, à la mère Gigogne, du moment qu'avec le nom qu'elle a donné à chaque enfant-histoire, le lecteur sache à quoi s'attendre.

Mais une fois le moutard narratif baptisé, la mère Gigogne n'a absolument pas le temps de s'occuper de lui : d'autres bébés-histoires, on le voit bien sur son portrait, se bousculent sous ses jupons et grillent d'en sortir. Pas d'autre choix que les sommer d'aller se répandre dans le vaste monde, ordre que ses gamins exécutent sans broncher, vu qu'ils sont dotés, comme leur géante de mère, d'une vitalité phénoménale, en l'occurrence la pulsion narrative.

Rien à craindre. Une fois sortis de ses jupes, ces enfants-histoires n'ont pas de mal à survivre : ils savent que la réalité dit quelque chose tout haut et quelque chose tout bas. Eux, c'est le « tout bas » de la réalité qui les intéresse, ce qui ne se dit pas ou se chuchote. Ils s'engouffrent dans une des innombrables brèches d'où s'échappent ces révélations à bas bruit, les recueillent, et une fois qu'ils les ont bien rassemblées, les transforment en histoire parfaitement conforme au projet résumé par le nom que la mère Gigogne leur a attribué, roman de ceci, roman de cela, fiction comme ci ou comme ça, vénérable Histoire avec un grand *H*, biographie, autobiographie, etc.

Seul point commun entre ses rejetons : chercher le caché, et ensuite, le dévoiler.

Il arrive évidemment que la mère Gigogne, de loin en loin, mette au monde un enfant-histoire tellement bizarroïde qu'elle est bien en peine de lui trouver un nom. Elle ne s'alarme pas, elle sait que les critiques littéraires s'en chargeront, ils l'appelleront : « Ovni Littéraire ».

*

J'ai un faible pour le titre que Kipling donna à l'un de ses recueils de contes : *Histoires comme ça*. J'y vois le signe que les enfants-histoires, quels que soient leur nom et le destin que leur a assigné leur genre, peuvent faire tout ce qu'ils veulent à l'intérieur de ce genre, raconter une très vieille histoire comme une fraîche de la veille, l'histoire d'un peuple ou l'histoire d'un mec, s'attaquer à une sombre histoire (à titre indicatif : histoire de famille, histoire de guerre, de fesses, de gros sous, de bureau).

Et si l'envie les en prend, ils peuvent aussi transformer ces sales histoires en belle histoire, d'amour, d'amitié, de fraternité – le choix est moins large, mais en définitive, pas tant que ça.

Le plus beau de l'histoire, si j'ose dire, c'est qu'à l'intérieur d'un genre, toutes les combinaisons d'histoires sont possibles, y compris celle qui consiste à transformer une histoire ancienne en une toute neuve, tel Joyce lorsqu'il s'empare de la trame de l'*Odyssée* d'Homère pour en faire, avec son *Ulysse*, l'un des romans les plus stupéfiants et déconcertants du XXe siècle.

Les plus sérieux livres d'Histoire-la-Grande relatent aussi des histoires qui, pour être absolument véridiques, sont à dormir debout, d'où le cliché : « La réalité dépasse la fiction. »

Ne pas s'inquiéter. Le narrateur, en s'emparant de cet incroyable réel, finit toujours par dénicher un début de sens dans ce fatras sans queue ni tête. Et parfois, bien davantage : la vérité.

La figure de la mère-Gigogne-Mère-des-histoires est-elle compatible avec la légende indienne de l'invisible océan où vont se jeter, tout aussi imperceptibles, les innombrables rivières d'histoires ? Je le crois. Ils partagent trois traits communs : le flux des histoires est inépuisable et indéfiniment renouvelable ; les courants d'histoires, comme les enfants de la mère Gigogne, se donnent pour but de dévoiler ce qui échappe au regard des humains ; enfin la manière dont les uns et les autres mènent leur vie obéit à la même devise : liberté, liberté chérie, ce qui explique la propension des dictateurs à s'en prendre aux histoires, à brûler les bibliothèques et les livres, à réécrire l'Histoire-la-Grande puis à fabriquer en masse, dans leurs usines à trolls, ces modernes et monstrueuses histoires génétiquement modifiées que sont les fakes.

Mais les histoires ont la peau dure. Avant d'être des histoires, elles sont des questions, et ces interrogations, comment les empêcher de se former dans le secret de nos têtes ? Elles sont là, sous nos crânes, à bouillonner en permanence, rivières irrésistibles de curiosité qui ne tarderont pas à jaillir, découvrir puis révéler ce qui se cache ou ce qu'on nous cache.

De ces secrets, nous en connaissons tous, et les premiers d'entre eux sont ceux qui entourent nos propres vies.

5

« Ma vie est un roman »

Les gens à qui il n'arrive rien n'existent pas. Derrière tout être humain, il y a une histoire. Pour n'être pas aussi mouvementée que celle des puissants, elle est jalonnée d'événements, de péripéties, de crises, parfois de drames qui viennent chambouler le cours d'existences qu'on croyait toutes tracées.

George Sand, dans les années 1840, fut l'une des premières à s'intéresser à ces vies obscures et elle explique pourquoi au début de son autobiographie. Les temps changent, observe-t-elle, l'alphabétisation progresse et nombre de ces anonymes, du coup, au lieu de percevoir leur existence comme une succession abrutissante d'instants, se la représentent de la même façon que les élites, sous la forme d'une ligne dotée d'un sens, début, milieu, fin. Ils se sentent donc autorisés à revisiter leur passé à l'égal des grands de ce monde qui rédigent leurs Mémoires. Eux aussi peuvent se dire : « J'ai une histoire », revendiquer le droit au récit de soi et s'approprier l'écrit pour conjurer l'oubli.

À quarante-trois ans, le feu et l'énergie de Sand sont à leur zénith. Elle apostrophe ces anonymes : « Écrivez votre histoire ! »

*

Elle devait beaucoup à Jean-Jacques Rousseau. Il n'est pas certain qu'elle se serait elle-même lancée dans son autobiographie s'il ne lui avait ouvert la voie. Soixante-cinq ans plus tôt, la publication posthume des *Confessions* avait connu un succès fracassant. Rousseau avait emprunté son titre à Augustin d'Hippone, un évêque de la fin de l'Empire romain, mais sa démarche, avait-il proclamé, n'avait rien à voir avec la sienne – relater les errements qui avaient précédé sa découverte du christianisme. Il ne se retrouvait pas non plus dans les autres écrits autobiographiques parus avant lui. Il en était pourtant de très célèbres, telle l'*Histoire de mes malheurs* du philosophe médiéval Abélard et les tout aussi fameux Mémoires de Commynes, Saint-Simon ou Casanova. Mais Rousseau estimait qu'il était un être unique, et comme tel, s'était proposé un projet d'exception : l'histoire de la construction de son « Moi ».

Il n'avait pas prévu qu'elle se transformerait fatalement en reconstruction. Dès ses premiers chapitres, il passe sous silence certains épisodes de sa vie, en déforme ou en exagère d'autres, plaide, selon les cas, coupable ou non coupable et ses *Confessions*, pour finir, tournent à l'autoportrait, celui, superbe autant qu'égocentrique, d'un Jean-Jacques en victime désarmée de la méchanceté humaine.

Les premières lignes de son texte sont fameuses : « Je forme une entreprise qui n'eut jamais d'exemple, et dont l'exécution n'aura point d'imitateur. » Prodigieuse inconscience. Dans son splendide isolement, il n'avait pas saisi qu'il venait de découvrir un nouveau continent de l'écriture et que cette fascinante Terra Nova ne tarderait pas à attirer d'autres aventuriers du « Moi ».

Les lecteurs, eux, ne s'y trompèrent pas. Qu'ils aient adoré ou détesté son livre, ils furent sidérés que Rousseau, en dépit de tous ses petits arrangements avec les faits, ait pu ainsi révéler Jean-Jacques. Le retentissement des *Confessions* fut tel qu'un Anglais, quelques années après leur publication, se sentit tenu d'inventer le néologisme *autobiography*.

Le mot a paru inintelligible. Des linguistes ont alors suggéré d'y insérer des tirets. Il fallait malheureusement savoir un peu de grec pour saisir que cet *auto-bio-graphy* plutôt lourdingue désignait un acte qui nous semble aujourd'hui aller de soi : se faire l'écrivain de sa vie.

On a maintenant oublié qu'il s'agit d'une conquête et qu'on la doit en partie à Sand. Son appel « Écrivez votre histoire ! » a été largement entendu. Depuis les années 1850, on ne compte plus ceux qui ont raconté leur histoire ou rêvent de la raconter.

J'ai reçu il y a peu un courrier qui m'a déconcertée. Il s'ouvrait sur les mots : « Ma vie est un roman. » L'affirmation est courante, elle ne m'a pas surprise. C'est la phrase suivante qui m'a arrêtée. Mon correspondant me demandait : « Quand doit-on écrire son autobiographie ? À quel âge ? »

Avait-il vraiment envie de l'écrire ? J'en doutais. J'ai failli lui citer un extrait d'un roman russe que je venais de lire : « Il y a des souvenirs qui sont comme des placements bancaires, on ne peut pas les retirer avant une certaine date. »

J'ai craint que ces mots puissent le froisser. J'ai finalement décidé de lui répondre : « Quand ça vous prendra. »

Je ne plaisantais pas. C'était l'exacte transcription de ma pensée : l'autobiographie n'est pas un devoir de mémoire mais un désir de mémoire. À un moment de la vie – quel âge, peu importe, c'est souvent la fin d'un cycle –, il nous prend.

Je garde un souvenir précis du jour où, pour la première fois, il m'a prise. C'est le solstice d'été. Je suis revenue dans ma ville natale. En remontant une rue, je tombe en arrêt devant une rangée d'arbres. Je me souviens que je les ai vus planter.

Je situe aussi la scène. Je devais avoir six ou sept ans. Ce n'étaient que des arbustes mal assurés dans leur terreau, si frêles que les jardiniers étaient contraints de les arrimer à des tuteurs.

Maintenant, plus de tuteurs. Ils ont grandi, ils portent beau, leurs feuilles sont drues. Leurs troncs épais corsètent la rue avec tout le sérieux nécessaire, à croire qu'ils ont toujours été ainsi, solennels, florissants.

Ce spectacle devrait me réjouir. Il me révolte. Comment ? Ils ont osé grandir en mon absence ? Devenir si vigoureux, si sûrs d'eux ? Je voudrais qu'ils soient comme avant, fragiles, maigres, incertains. Ils n'ont pas le droit d'avoir changé.

*

C'est souvent ainsi, d'un chaos d'émotions extravagantes, que naissent les livres. Le soir même, je décide d'écrire sur mes premières années. Il faut, d'urgence, que je me les réapproprie. D'un seul coup, à près de cinquante ans, je me retrouve dans l'état de Peter Pan : pas question de laisser la vie m'emmener bien doucettement vers la vieillesse et la mort, je dois tout de suite tourner le dos à l'avenir et regagner à tire-d'aile l'époque où je me suis crue éternelle, ce temps immobile que l'auteur de *Peter Pan*, James Barrie, appelle si justement « le pays du Jamais-Jamais », où les enfants vivent dans l'illusion à la fois magnifique et tragique que leur petit monde est le monde et qu'il ne changera pas.

Et ensuite ? Ensuite, je m'installerai au cœur de ce temps immobile puis je reprendrai le monde à sa source. Je recommencerai à l'écouter, et ce qu'il me dira, je l'écrirai.

Je n'attendrai pas. Là se trouve mon matin, ma matrice, mon principe, l'origine de ce que j'ai aimé, haï, voulu, refusé, cherché, lu et écrit, imaginé. Je ne peux pas faire autrement, je dois à tout prix m'enfuir là-bas.

Je me suis bien fichue, ce jour-là, de Rousseau, de ses *Confessions*, de Sand aussi, et de toutes les autobiographies que j'avais pu lire et qui m'avaient marquée. L'idée ne m'a même pas effleurée que ces textes – *Les Mots* de Sartre, par exemple, les *Mémoires d'une jeune fille rangée* de Beauvoir, pour ne citer qu'eux – avaient pu exister parce que Rousseau et Sand leur avaient ouvert la voie. Non, j'étais la première et la seule, tout m'était donné, tout allait de soi, je rejoignais mon enfance, d'ailleurs j'y étais déjà, reprenant avec la petite fille que j'avais été l'inventaire du monde, et vivant comme elle sans heure, sans saison et sans âge dans le jardin de l'instant.

Je n'ai pas réfléchi, pas bâillonné ce désir compulsif. Je m'y suis abandonnée, j'ai refusé de me trouver des raisons, bonnes ou mauvaises ; et c'est seulement quand je l'ai assouvi que j'ai saisi pourquoi j'avais cherché à m'enfuir au pays du Jamais-Jamais. J'approchais de la cinquantaine, je voulais nier le passage des années et je ne voyais qu'un seul moyen d'y arriver, me shooter à l'enfance.

Mais je suis partie là-bas pour mieux revenir ici, et maintenant que mon livre est écrit, je comprends ma colère contre les arbres. Le souvenir que j'avais gardé d'eux, d'arbrisseaux chétifs dont on ne donnait pas cher, m'avait soudain rappelé l'enfant que j'avais été, fragile moi-même et maigrichonne, de ces petites dont on disait : « Elle ne pousse pas. » J'avais fini par pousser ; et me retrouvant au mitan de ma vie dans une rue où j'avais vu des jardiniers planter ces arbres, quelque chose m'avait soufflé que si je voulais affronter les épreuves que le temps, immanquablement, allait m'infliger, je devais à tout prix renouer avec cette enfant. Elle n'avait pas disparu, elle s'était juste endormie en moi. Je pouvais la réveiller, elle et les forces qui lui avaient permis de « pousser ». Alors seulement je pourrais conjurer la menace des années. Un cycle finissait, un autre commençait. Pour les séparer, un intervalle étrange, sorte de terrain vague du temps – l'heure de l'autobiographie.

Lorsqu'elle s'impose avec une telle violence, pourquoi contrarier la pulsion autobiographique ? Le chemin du « Je » qui s'interroge sur son « Moi » sera long, douloureux peut-être, surtout si les souvenirs qu'on cherche à ressusciter sont traumatiques et que le récit de soi va se faire l'émissaire d'aveux impossibles, comme *La Familia grande* de Camille Kouchner et *Le Consentement* de Vanessa Springora.

Il faut même accueillir ce désir, je pense. Car un jour ou l'autre, proche ou lointain, on se sentira incapable de vivre sans trouver une réponse aux questions : « Qui ai-je été, que je ne suis plus ? », « Qui ai-je été, que je suis toujours ? ». Et, interrogation plus redoutable si c'est possible : « Qui suis-je en cette heure où je vois s'approcher ma dernière heure ? » À ce moment-là, on n'aura pas le choix ; il faudra prendre le chemin qui mène aux origines.

Ces instants-là, d'indéfinissable entretemps, où l'on n'est pas encore en route tout en l'étant déjà, sont parfois vertigineux. S'armer alors, en guise de talisman, de ces vers de René Char :

« Tu es pressé d'écrire comme si tu étais en retard sur la vie.

S'il en est ainsi,
Fais cortège à tes sources
Hâte-toi, hâte-toi de transmettre
Ta part de merveilleux, de rébellion, de bienfaisance »

Je reviens au légendaire « Écrivez votre histoire ! » de Sand. Lorsqu'elle le lance, elle ajoute qu'avec le droit au récit de soi, les invisibles ont conquis la liberté de raconter la vie de leurs aïeux. Pas de triomphe sur l'oubli si on ne commence pas par réveiller ses morts. La quête de soi, selon elle, passe obligatoirement par une enquête sur les ancêtres.

Elle donne l'exemple : elle ouvre son autobiographie sur les origines de sa tribu. Mais de ces vieilles histoires, rien ne l'intéresse que la réponse à la question : comment ces ancêtres, pour partie inconnus, ont agi et continuent d'agir en moi ? De quelle façon m'ont-ils construite – ou détruite ?

La démarche est inédite. Elle donnera une inflexion neuve à l'autobiographie.

*

Les peuples premiers, pourtant, le savaient : nos ancêtres sont une part de nous-mêmes. Comment cette vérité essentielle a-t-elle fini par nous échapper ?

Je l'ignore mais je sais gré à Sand de nous l'avoir rappelée car nul ne peut esquiver l'épreuve : un proche disparaît et on se trouve confronté aux traces qu'il a laissées, des plus paperassières – actes notariés, documents d'état civil, relevés bancaires, contrats d'assurance, etc. – aux plus intimes – agendas, courriers, carnets, photos, films, textos, vidéos, là encore, j'en passe.

Pour certaines de ces traces, on les découvre. Pour d'autres, on les redécouvre. Qu'importe, l'issue est la même. Nous prenons conscience qu'à notre insu, le mort nous a construits. Le moment est difficile. Nous devons admettre qu'une partie de notre vie s'est déroulée en notre absence.

Mais les vivants sont inattentifs. Il faut les morts pour les arracher à cette étourderie foncière.

Ils s'y prennent, je trouve, avec beaucoup d'efficacité, et aussi d'étrangeté. Ils me rappellent certains malades qu'on croise dans les jardins des hôpitaux psychiatriques, qui vous tapent sur l'épaule sans jamais dire pourquoi. Ils s'éloignent, reviennent, repartent et reviennent encore sans davantage d'explications, jusqu'à ce qu'on leur demande ce qu'ils veulent ; une fois qu'on leur a parlé, curieusement, ils cessent de vous harceler. De la même manière, quand on se voit contraint d'affronter le passé d'un défunt et qu'on finit par s'y intéresser, le chemin du deuil, bizarrement, est moins douloureux. Ce paradoxe explique pourquoi la pulsion autobiographique jaillit souvent après la disparition d'un proche. Le mort est là, mais simultanément pas là, et cette situation – un nouveau terrain vague du temps, un autre entretemps – est insoutenable. Le temps déborde, comme disait Eluard. Hier, aujourd'hui, demain, jadis, autrefois : tout se brouille, des repères qui jalonnaient la vie d'avant. Les regrets s'enchevêtrent aux remords, distillent le poison de la nostalgie, nourrie elle-même au terreau toxique des vieux malentendus, non-dits, frustrations, souvenirs de déchirements ou de drames. À l'irrémédiable, en dépit de tout, on s'entête à chercher un remède, et cette automédication, c'est la plupart du temps explorer les traces laissées par le mort, les interpréter et, pour finir, élaborer une histoire où sa vie et la nôtre se recroisent. Un récit des origines, comme chez les peuples premiers.

Il aura la même fonction. Le vivant, une fois qu'il aura trouvé de quelles traces il est fait, pourra sortir de l'entretemps qui l'emprisonne, et enfin, s'inventer un avenir.

Il arrive que les morts, pour réveiller les vivants, prennent leur temps. Une fois mes parents disparus, j'ai attendu sept ans pour me plonger dans les papiers de mon père et chercher ce qui l'avait conduit à croiser le chemin de ma mère. Je soupçonnais depuis longtemps qu'une guerre les avait opposés bien avant ma naissance. Je pressentais aussi qu'en dépit des apparences, ma mère n'avait jamais voulu y mettre fin.

Mon père m'avait laissé ses archives. Il les avait enfouies dans une de ces valises de carton noir en usage dans les années 1930. Quand je l'avais rapportée chez moi, je l'avais placée en haut d'une armoire. Reléguée, en somme, mais pas cachée.

Le soir, la pièce où se trouvait ce meuble était presque toujours éclairée. Lorsque je traversais la cour qui précédait mon immeuble, je voyais très distinctement la valise. Je détournais les yeux : « Je l'ouvrirai quand j'aurai le temps. » Je n'avais jamais le temps.

Soudain j'ai pris ce temps. Il a suffi d'un incident, le mot d'un journaliste qui devait me remettre un prix. Sur la scène où il m'avait priée de monter, il trouva piquant de m'accueillir par un : « Vous qui venez de nulle part et qui êtes sortie de rien. » Je ne sais pourquoi, derrière ces mots, j'ai tout de suite vu mon père et cru réentendre les rares confidences qu'il m'avait lâchées sur son enfance miséreuse dans la Bretagne des années 1920. Un mois plus tard, j'avais ouvert la valise, dépouillé ses archives, exploré sa généalogie et je commençais à sillonner les chemins de son pays natal, à la recherche de ceux qui pouvaient se souvenir de lui au sein de cette tribu dont j'ignorais presque tout.

J'avais découvert dans la valise assez de documents pour comprendre le conflit qui avait opposé mes parents. Comme je l'avais pressenti, il était bien antérieur à ma naissance. Mon père, avant son mariage, avait eu une liaison passionnée avec une Irène. Et une de ses lettres le prouvait formellement : ce prénom, étrangement, c'était ma mère qui l'avait imposé.

Autre bizarrerie : au lieu de respecter l'usage en vigueur de ma famille, qui voulait que le second prénom de l'enfant soit celui de son parrain ou de sa marraine, elle avait choisi celui de sa belle-mère. Elle ne l'avait pas connue, mais sous l'effet de la même jalousie rétrospective, elle la détestait autant que cette Irène dont mon père avait été fou.

Je savais que ma mère ne m'avait jamais acceptée et je m'étais toujours demandé pourquoi. Dans la valise que mon père m'avait laissée dormait la clé du passé, le sien, celui de ma mère et une partie du mien. Pendant sept ans, je n'avais pas voulu savoir. Mais les morts se sont montrés patients et il a suffi d'un mot, un soir, pour que je descende la valise de l'armoire et que le secret n'en soit plus un.

*

Comme de ma colère contre les arbres, je me souviens avec netteté du moment où j'ai commencé à écrire cette histoire de mon père qui était aussi la mienne. J'étais habitée par un sentiment d'appartenance.

J'en tremblais. Même émotion qu'à l'époque où je m'étais inventé une Maison-Écrire : je me sentais soudain justifiée dans l'existence. Je n'étais plus de trop, j'avais une place. Mais cette place ne ressemblait pas à celle que je m'étais trouvée avec la Maison-Écrire de ma prime adolescence. Elle me semblait infiniment plus sûre et je savais pourquoi : ce livre se fondait sur des documents factuels. En sus des paperasses de toute nature que mon père avait entassées dans la valise (j'y avais retrouvé jusqu'au billet du bal où il avait rencontré ma mère et le rapport dactylographié du voyant qu'il avait consulté lorsqu'il avait failli renoncer à l'épouser), je m'appuyais sur des données d'état civil et les témoignages de ceux qui avaient connu mon père et sa tribu. Je les avais lus, relus, croisés, recroisés, et encore relus et décortiqués. Et ainsi, même quand les archives étaient restées silencieuses – car il est des silences parlants –, j'avais pu me réinscrire dans une lignée.

Coléreuse, cette lignée, comme l'étaient devenus mon père et ses ancêtres à force de souffrances et d'humiliations. Mais aussi ardente, généreuse. Il me semblait parfois qu'elle m'entourait, me soutenait. Pour autant, elle ne me laissait pas d'issue ; j'avais l'impression, par instants, qu'elle me houspillait : « Trouve-le, ce “rien” dont ton père est sorti et dont tu es la fille. Et raconte-le. En le racontant, c'est toi que tu racontes. »

Au moment d'entreprendre ce « voyage dans les limbes », selon les mots dont Nancy Huston a baptisé ces entreprises hasardeuses, j'étais consciente du danger majeur qui guette l'autobiographe : faire du récit de sa vie une collection d'anecdotes. Confondre la quête, en somme, avec la cueillette. C'est indéniable, le récit de soi s'appuie sur des réminiscences de faits minuscules qu'on a la plupart du temps gardés pour soi. Il n'aura de grâce qu'à une condition : quand, dans ce fatras de microévénements, on s'oblige à séparer l'essentiel de l'accessoire et on ne retient, avant d'écrire, que les souvenirs fondateurs. C'est à ce seul prix que l'intime peut prétendre rejoindre l'universel.

Le tri, fatalement, est douloureux. Il ressemble aux jours qui précèdent un déménagement, lorsqu'on doit ranger une maison, un appartement qu'on a longtemps occupé. Que liquider, que garder ? Le candidat à l'autobiographie n'échappe pas au dilemme mais s'il parvient à trancher entre ce qu'on peut abandonner aux grands vents du temps et la part de lui-même qui doit être absolument mise à l'abri – « la permanence dans ce que nous sommes », pour parler comme Annie Ernaux –, il franchit un pas capital. Lors du tri des souvenirs, un fil narratif se dessine. Mieux qu'une trame chronologique du récit à venir, c'est un fil d'Ariane. Comme l'historien tout court, l'historien de soi, lorsqu'il s'attaque à son passé, explore un labyrinthe. Il peut très vite s'y perdre, perdre avec lui son lecteur et jusqu'au désir de poursuivre le voyage. Il restera emmuré pour toujours dans le chaos de souvenirs qui interdit l'accès à sa vérité, alors que l'instant d'avant, cette équipée lui semblait plus que nécessaire, vitale.

On découvre aisément ce fil d'Ariane en s'imposant, tels les policiers ou les juges d'instruction, une relecture patiente des documents et des témoignages qu'on a réunis. Il est assez judicieux dans ces moments-là de se souvenir de la phrase qu'Edgar Poe prête au détective chargé d'enquêter sur le double assassinat de la rue Morgue : « La vérité est inévitablement à la surface des choses. »

Donc ouvrir l'œil et, à l'occasion, se rendre sur les lieux où, comme on dit si justement, le passé « a eu lieu ». L'espace, lui aussi, parle.

Reste à régler une question fondamentale : comment intéresser des lecteurs avec ses petites histoires ? Sand, toujours elle, l'a anticipée. Selon elle, l'autobiographe ne peut prétendre à l'universel s'il se fige dans la posture du « Moi tout seul, être unique » choisie par Rousseau puis par le Chateaubriand des *Mémoires d'outre-tombe.* « Narcissique ! » fulmine-t-elle avant de se proposer un projet rigoureusement inverse : tendre un miroir à ses sœurs et frères humains et créer ainsi entre ses lecteurs et elle un lien d'empathie. « Écoutez ma vie, s'exclame-t-elle, c'est la vôtre ! »

Son « Moi » parfois envahissant ne s'est pas toujours absenté de son récit. Sa sincérité, toutefois, et sa verve ont séduit les lecteurs de son temps, qui l'ont unanimement saluée, hommes ou femmes et quelle que soit leur classe sociale, étudiants, ouvriers, notables et bourgeois cossus, voire simples mères de famille, qui l'inondèrent de courrier. Ils avaient cru lire, lui écrivaient-ils, leur propre histoire.

Son exemple ne doit effrayer ni les pudiques, ni les timides, ni ceux qui sont tétanisés par la terrible sentence de Pascal « Le Moi est haïssable ». Comme le journal intime, le récit de soi est un écrit plastique. Certains auteurs restent en retrait, d'autres moins, mais quelle importance, les lecteurs le savent : moi-moi-moi, c'est la loi du genre et ils se montrent sur ce point d'une tolérance remarquable ; ils se retrouvent aussi bien dans les confessions des grands égomaniaques que dans les récits de ceux qui le sont juste un peu moins. L'essentiel est d'avoir mesuré qu'écrire sur soi n'est pas une gentillette escapade. Le vocabulaire courant le démontre : on entend fréquemment les autobiographes définir leur projet en disant qu'ils « se sont retournés sur leur passé », lequel a tout l'air de ressembler à un gouffre puisqu'ils ajoutent qu'ils se sont « penchés sur lui » et que le temps de l'écriture, ils ont « basculé tout entiers » dans ce mystérieux abîme.

Lorsqu'on parle d'autobiographie, les images de la route reviennent avec encore plus d'insistance. On se la représente comme jalonnée de virages – les « tournants de la vie » – et escarpée : on « remonte aux origines ». Je fais miennes ces images. La côte est dure au marcheur qui s'attaque à la montagne du passé.

On peut chuter, la vérité requiert beaucoup d'efforts et c'est une cime difficile d'accès. N'empêche, l'excursion autobiographique vaut le détour.

On m'aborde souvent pour me demander : « Comment écrire sur sa vie sans se fâcher avec sa famille ? » On doit considérer qu'en ce domaine, je dispose d'une certaine expertise.

Je ne le démentirai pas. Une partie de ma tribu a vu d'un très mauvais œil mes quelques équipées autobiographiques – c'est le moins qu'on puisse dire. Pour autant, il m'est difficile de traiter sérieusement de ce sujet dans un couloir de métro ou l'allée d'un hypermarché. La plupart du temps, je m'en remets au proverbe : « On ne peut pas contenter tout le monde et son père » (même si, pour moi, je dus essuyer les foudres maternelles), et je répète après Stephen King qu'au moment où nous décidons d'écrire, nous devons raisonnablement envisager que nos jours dans la bonne société soient comptés ; la littérature ne fait jamais bon ménage avec la bien-pensance.

Ce principe s'applique tout spécialement à l'auteur

d'un récit autobiographique. Comme il écrit sur ce qui lui revient et pas nécessairement sur ce qui convient, son projet, par nature, est incompatible avec la paix des familles, lesquelles, même à notre époque, persistent à défendre bec et ongles le vieux principe clanique : « Il ne faut pas que ça se sache. » Alors un autobiographe dans une famille ! Autant dire le renard dans le poulailler, le loup dans la bergerie ou le tigre mangeur d'hommes qui déboule dans une nursery. Passe encore qu'il écrive des romans, mais le récit de sa vie ! On l'attend de pied ferme.

Je ne vois donc qu'une réponse à donner aux candidats à l'autobiographie : du moment qu'ils estiment nécessaire d'en passer par là pour sortir de l'insupportable entretemps de la nostalgie et des ruminations, tenter l'aventure, en toute conscience des risques encourus. L'espace mental de l'autobiographe n'a rien de commun avec le douillet cocon du journal intime. Un jour ou l'autre – quelquefois à son insu –, il appuiera là où, dans la tribu, ça fait mal et bousculera des légendes familiales.

Donc un seul choix possible : non seulement assumer la démarche, mais la revendiquer.

Cette politique n'autorise pas pour autant la férocité incontrôlée des tigres et des loups dont j'ai parlé plus haut. Déchiqueter la famille à mots sanglants, pourquoi pas ? Se rappeler cependant qu'au cinéma, les déluges d'hémoglobine écœurent. Il en va de même pour les récits de soi, surtout lorsque l'auteur pratique ce variant contemporain de l'autobiographie qu'on appelle parfois « littérature de l'aveu et de la révélation ». Ces textes-là tournent vite au règlement de comptes, quand ce n'est pas au déballage. L'adhésion du public au *Consentement* de Vanessa Springora s'explique en partie par le temps de réflexion qu'elle s'est accordé avant de tracer la première ligne de son livre. Elle a pu ainsi mesurer l'enjeu de son projet : ce qu'elle voulait révéler ne serait reçu par le lecteur qu'à une condition, faire de son texte, autant que possible, un objet littéraire.

Dans les familles, après la lecture d'une autobiographie, nombre de disputes s'ouvrent sur le cri : « Ça ne s'est pas du tout passé comme ça ! »

Rien de plus légitime. Si l'on se représente la famille ainsi qu'une pièce, et chacun de ses membres comme une caméra enregistreuse, l'évidence est flagrante : la mémoire familiale n'est pas la synthèse de toutes ces images mais une mosaïque de scènes et il est impossible que chaque vidéo puisse entièrement recouper les autres. Selon l'endroit où étaient placées les caméras à stocker les souvenirs, l'un aura perçu tel aspect d'une situation, et son frère, sa sœur, sa mère, son père, tel autre. Dans les familles pas plus qu'ailleurs, nul ne détient le monopole des « choses comme elles sont ».

De nouveaux paramètres compliquent l'enjeu : la sensibilité particulière de chacun, ses affects, son attention, ses intérêts, sa personnalité, la manière dont il s'est construit. Et son âge. Là aussi, ça tombe sous le sens, à quatre ans, dix ans ou vingt ans, on n'a pas la même perception du temps, on ne vit pas les événements de la même façon, et les parents, nécessairement, n'ont pas le même regard sur le passé familial.

Enfin le plus fondamental, le fonctionnement de la mémoire. Si la science n'en a toujours pas éclairci le détail, elle a établi que le cerveau, pendant le sommeil, trie les souvenirs, en engloutit une partie dans la nuit de l'oubli et en conserve d'autres, qu'elle ne cesse parallèlement de décomposer, recomposer, remanier au point de changer toutes les perspectives, quand elle ne recouvre pas nos réminiscences par des séquences que des proches nous ont relatées – les « souvenirs induits ».

Il faut s'y résigner : nul, dans une tribu, n'a vu les choses de la même façon ; et pour peu que ce soit le cas, personne, avec le temps, ne les voit de la même façon. On ne s'y retrouvera jamais. Et le dernier lieu où l'on puisse rêver d'y voir clair, c'est la famille. On peut tenter d'éteindre les querelles en invoquant le « Chacun sa vérité » de Pirandello. Malgré tout, s'il fait consensus, ne pas se voiler la face : c'est toujours du bout des lèvres.

Donc la revendiquer, cette vérité singulière. Et ensuite, se taire. Rien à expliquer, rien à justifier. Toute parole est vaine, y compris la phrase qu'on grille de proclamer : « Chacun est libre d'écrire et de donner sa version des faits ! » On n'arrêtera jamais le « Même pas vrai ! » dont les familles poursuivent l'autobiographe.

D'ailleurs de quel mensonge, de quelle vérité parle-t-on ? De la vérité qui s'oppose au mensonge ou de celle que l'oubli a enfouie ? Les Grecs de l'époque homérique ignoraient la première. La vérité, pour eux, c'était l'inverse de l'oubli. D'un côté *lêthê*, la mémoire mise en sommeil, momentanément ou pour toujours ; de l'autre son contraire, *alêtheïa*, le non-oubli. Il a fallu attendre Platon, trois siècles et demi après, pour qu'*alêtheïa* devienne la vérité moderne, la-vérité-toute-la-vérité-rien-que-la-vérité.

La vieille *alêtheïa* était plus pragmatique. Elle nous parlait de ces humains qui assument ce qu'ils ont vu, contrairement à ceux qui s'obligent à l'enterrer ou l'enfouissent sous le fard des apparences. *Alêtheïa*, du reste, comme son frère ennemi *lêthê*, avait pour père un verbe qui signifiait « être caché », « passer inaperçu ».

Donc hypothèse : dans les familles, ceux qui soulèvent les tapis sous lesquels on a dissimulé les vérités pourraient bien être les enfants qui ont la meilleure mémoire. Ils se sont entraînés à chercher ce qu'on leur cache, et à force se sont dotés de ce que ma prof de philo nommait « le troisième œil ».

*

Je me rappelle ici un jour où ma mère, comme elle faisait souvent, avait voulu partir sans me prévenir. J'avais quatre ou cinq ans. J'ai vu son manège. Afin de la contraindre à rester, je me suis mise à hurler, et à cet instant-là, j'ai senti très nettement deux petites filles en moi, celle qui hurlait pour l'empêcher de s'en aller et l'autre, qui ne cessait pas de souffler à la première : « Je me souviendrai. »

J'ai tenu parole, la preuve.

Le dictionnaire de l'Académie française n'admet le mot « autobiographie » dans ses pages qu'en 1878, date de sa septième édition. À l'époque, le genre ne semble guère en odeur de sainteté sous la Coupole. L'article est très bref et la définition – « Biographie d'une personne écrite par elle-même » –, est illustrée d'un seul exemple : « Les autobiographies sont souvent mensongères. »

Le mot « mensongères », qui rappelle les « allégations mensongères » du vocabulaire policier et judiciaire, est violent et un brin désuet. De nos jours, on écrirait plutôt : « Les autobiographies sont souvent des réinventions. »

À mon avis, comme le prouvent les querelles qu'elles déclenchent dans les familles, les autobiographies sont fatalement fictionnelles autant que frictionnelles. La mémoire de l'autobiographe le conduit à nourrir son récit de son imaginaire et ce travail, qu'on a parfois appelé « rétrofiction », s'apparente à celui du cinéaste. Après le tri de l'énorme chaos d'images et de scènes que sa caméra intérieure a enregistrées et qu'il a sans cesse remaniées par la suite, il a choisi les plus signifiantes puis entrepris de les assembler. En somme, il les a montées. Étape capitale. De ce montage, comme dans un film, a jailli le récit.

Ce monteur est-il pour autant un menteur ? Je ne pense pas. Tel le Rousseau des *Confessions*, ses ellipses, silences, oublis, revisitations imaginaires du passé, effets de perspective, même truqués, le racontent aussi bien que ce qu'il raconte.

Et puisque nous sommes abreuvés de fictions dès notre enfance, c'est d'un mouvement spontané que l'autobiographe organise le récit de sa vie en convoquant leurs procédés narratifs. Il s'exclamait avant d'écrire : « Ma vie est un roman ! », il ne peut pas s'étonner qu'une fois son livre fini, on l'accuse : « C'est du pur roman ! »

Je lui conseille de prendre cet anathème comme un encouragement. Pur roman ? Quel compliment ! Et s'il était temps de passer à la fiction ?

Je rêve d'attribuer à l'autobiographie tout un étage de la Maison-Écrire. Une simple chambre aux souvenirs, ce serait mesquin : comment les stocker dans une seule pièce ? Il en faut impérativement plusieurs. Une pour jadis, une autre pour naguère, les deux dernières pour ce pays du Jamais-Jamais à qui je trouve un air de famille avec le temps dont parlent les contes et qui commence par « Il était une fois ».

On découvrirait aussi à cet étage des miroirs déformants qui nous renverraient les reflets de notre vie à l'infini. Ou des armoires vides, des couloirs qui ne donnent sur rien, à moins que ce ne soient d'effroyables placards

de Barbe Bleue, qu'il faudrait bien entendu ouvrir, tant pis pour les taches de sang qui resteront sur la clé magique.

Ce dont je suis sûre, c'est qu'après avoir fait le tour de ce lieu du genre gothique, composite, fantomatique, pas franchement reposant mais toujours très surprenant, on trouverait un escalier qui mène à l'étage « Roman ». Il se pourrait même que ce soit un ascenseur.

6

Croire, et faire croire

Avant d'écrire un roman (et pour éviter d'être paralysé par la peur d'écrire un roman), observer, écouter les enfants.

Ils sont trois, quatre, cinq, parfois deux seulement, à partager le même rêve éveillé : « On serait… », « On ferait… », « Toi tu dirais, et alors moi je dirais… », « Et après, si on… ? », « Non, on ferait ça, on dirait ça… » « Ou alors… », « Ou si… ».

Ils jouent. Au roi des jeux, celui où on choisit de croire à ce qu'on décide de croire et de le faire gober aux autres, qui ne demandent que ça. Au point que c'est à qui en remettra dans les « Si », les « On ferait », les « On dirait ».

On ne les a pas vus commencer. Ils ont franchi en un rien de temps la frontière invisible qui sépare la réalité de leur monde-histoire. Et une fois dedans, habités d'une prodigieuse énergie, ils le construisent à grands coups de « si » et de verbes au conditionnel

– un mode qu'ils maîtrisent très tôt, on les comprend : une petite variante phonétique suffit à les transporter dans un univers parallèle.

C'est leur baguette magique. Tout au bout du bâton, l'éblouissante étoile du « si », elle-même instrument du sortilège. Grâce à elle, ils vont pouvoir gouverner leur métavers en monarques absolus.

Ne pas s'attarder. S'éclipser sans rien dire. Un mot, c'en serait fait du tour de magie. Et au lieu de penser : « Quelle imagination ! », se souvenir qu'on y a joué soi-même, au jeu des « Si », des « On dirait », des « On ferait » et autres « C'est juste pour de rire ». Pourquoi l'avoir oublié ?

Depuis des temps immémoriaux, les humains nourrissent leurs petits aux mamelles des contes et on sait désormais pourquoi : ces récits sont des « vies-modes-d'emploi ». Grâce à eux, les enfants apprennent, par exemple, à distinguer les grands-mères-gâteau de leurs simulacres-loups tellement prompts à manger les petites filles toutes crues ; et à découvrir, comme avec le conte de Peau d'Âne, la différence entre un Prince Charmant et un père qui propose à sa fille d'entrer dans son lit. Sous couvert de fictions fantasmagoriques, ils reçoivent ainsi des leçons essentielles.

Ils les retiennent d'autant mieux que le conteur a pris soin d'ouvrir sa fable sur un « Il était une fois » ou l'un de ses variants figé comme lui par des siècles de transmission fidèle – en Afrique, par exemple : « Au temps du passé-oublié » ; ou en Inde : « Peu après jadis, bien avant maintenant, quand hier était demain et aujourd'hui, pas encore né. »

La poésie de ces formules masque leur fonction : indiquer clairement aux enfants qu'ils vont rejoindre un univers très lointain et jalonné d'aventures parfois effrayantes mais que ce voyage ne doit pas les inquiéter ; leur billet aller pour ce mystérieux espace-temps est assorti d'un ticket de retour à la maison du présent.

Au moment où s'achève la plongée dans le ventre du passé, le conteur ne manque jamais de le signaler par une nouvelle formule. Elle est souvent aussi convenue que la première et parfois très expéditive. Les héros se marient et ont beaucoup d'enfants, ou le narrateur, carrément, les plante là dès qu'ils sont tirés d'affaire. Il annonce sans façons qu'il n'a plus rien à dire, vu que tout s'est arrangé ; et proclame qu'il remballe son récit pour aller le replacer à l'endroit où il l'a trouvé, un tronc d'arbre, une faille entre deux rochers, sous la queue d'une souris, dans l'eau d'une rivière, n'importe quoi du moment que les enfants saisissent qu'ils ont regagné le monde réel.

Les adultes, de nos jours, jugent ces fins décevantes. Pas eux. Ils se sentent ramenés à bon port. La réalité, à l'arrivée, est semblable à ce qu'elle était avant le départ, banale, parfois cruelle. Mais l'irradiation du voyage imaginaire persistera longtemps et leur permettra de mieux l'affronter.

À la gravité qui habite les regards des jeunes enfants quand le conteur se tait, on le devine : cet aller-retour les a fascinés et ils sont tout disposés à prêter aux mots un pouvoir magique. D'où leurs protestations lorsqu'on leur lit un conte pour la vingtième ou trentième fois et qu'on se croit autorisé, par lassitude, à en omettre ne fût-ce qu'un mot. Le conte, pour les enfants, est tout entier sortilège ; s'il n'est pas répété à la syllabe près, la magie s'évapore.

Puis les enfants grandissent, prennent de l'assurance et se fabriquent leur propre abracadabra. C'est le moment où ils commencent à se livrer au jeu collectif des « Si », « On serait », « On ferait », « On dirait », « C'est pour de rire », quand ils ne se risquent pas, comme les romanciers, à pratiquer en solitaire le rêve éveillé.

Je relis tous les ans *Alice au pays des merveilles*. Je me replonge aussi dans une vieille édition anglaise de la suite que Carroll lui donna sept ans plus tard, *De l'autre côté du miroir et ce qu'Alice y trouva*. Comme *Alice au pays des merveilles*, les gravures qui illustrent ce conte sont l'œuvre de John Tenniel.

Je m'arrête toujours aux pages 11 et 12. Pour leurs illustrations. Aucune image, selon moi, ne donne une idée aussi saisissante de ce qu'est une fiction.

La première gravure, celle de la page 11, représente Alice de dos. Elle pousse de toutes ses forces un miroir accroché au-dessus d'une cheminée. À la page d'avant, Carroll a expliqué pourquoi : elle veut vérifier que le salon qu'elle aperçoit dans la glace, comme elle en a émis l'hypothèse, n'est pas le reflet de celui où elle s'est installée pour jouer mais une pièce réelle. Elle va jusqu'à se demander si le miroir ne donne pas accès à une autre maison et, pourquoi pas, à un autre monde.

On connaît la hardiesse d'Alice. Elle se propose aussitôt de l'explorer.

On n'a pas tourné la page qu'on découvre la même Alice, cette fois de face. On a eu raison de faire confiance à son intrépidité : elle a franchi le miroir, et ainsi qu'elle l'avait supposé, le salon où elle pénètre est l'exact inverse de celui qu'elle vient de quitter, ce qui saute aux yeux si, comme maintenant, on place les deux gravures

côte à côte. Pour accomplir ce miracle, nous apprend le texte de Lewis Carroll, Alice s'est bornée à prononcer une formule d'une simplicité désarmante : « Faisons semblant. »

« Faisons semblant d'avoir trouvé un moyen d'entrer dans la Maison du Miroir ! » a donc décrété Alice avec son aplomb habituel. « Faisons semblant d'avoir rendu le verre de la glace aussi souple et fin que de la mousseline. Ensuite, on le traverse et… »

Alice est manifestement aussi douée qu'un conteur rompu aux voyages narratifs, sa formule fonctionne tout de suite : « Ça alors ! Le verre est devenu aussi souple et fin qu'une mousseline ! Le traverser, un jeu d'enfant ! »

Jeu d'enfant peut-être, mais sur la première gravure, on l'a vue pousser le miroir avec une détermination impressionnante. Pour autant, elle n'a rien senti de cet effort, et on saisit pourquoi lorsqu'on examine la seconde gravure : elle est déjà entrée dans le monde d'à côté, extatique au point d'oublier qu'un de ses bras s'attarde encore dans le monde réel.

Cet état de transe imaginative lui interdit aussi de s'apercevoir que les deux univers ne sont pas exactement symétriques. Sur la cheminée de la Maison du Miroir, il y a un détail qui cloche, ainsi qu'on le découvre en grossissant et juxtaposant les images de

la pendule. La première, noyée sous une brume cendreuse, est une horloge comme les autres : un simple objet, le temps mécanique de la vie courante. La seconde, le temps du « Faisons semblant », est au contraire vivante, et même éblouissante ; c'est une personne, une vraie, dotée d'une personnalité. Et quelle personnalité : celle d'un original entre deux âges, bonnard, vaguement pochetron, lymphatique, élastique, presque aussi mou qu'une montre molle de Dalí.

Ce temps-là, comment imaginer qu'il puisse un jour blesser et tuer ? Au contraire, il veillera sur Alice ; et s'il décidait de lui adresser la parole – hypothèse tout à fait envisageable dans l'univers de Lewis Carroll –, ce serait, à mon avis, pour gentiment l'asticoter : « Allez, Alice, maintenant que tu es passée de l'autre côté du miroir, fais donc comme moi, lâche-toi ! Je suis le temps de la fiction, et de moi tu peux faire ce que tu veux, tu es libre ! Donc dépêche-toi d'oublier l'autre temps, là-bas, de l'autre côté, mon faux jumeau de derrière le miroir, ce type sinistre, ce raseur, toujours à tout compter, tout mesurer, crapule avec ça, il peut te filer entre les doigts, et par-dessus le marché, cruel, pervers, implacable, il trouvera toujours le moyen de te dévorer, d'ennui ou d'autre chose. Mais à partir d'aujourd'hui, tu t'en fiches ! Tu le laisses derrière toi, tu l'oublies, et crois-moi, si tu te lâches un peu, comme je te dis, la vie grisante que tu vas vivre ! Tous les événements prodigieux qui vont se passer ou que tu vas déclencher ! Parce que, maintenant, à qui les pouvoirs magiques des inventeurs d'histoires ? À toi, ma petite Alice ! Allez, viens donc par ici, enhardis-toi, tu vas voir… »

*

De fait, elle va en voir de belles, Alice, de l'autre côté du miroir, que je n'aurai sûrement pas l'impudence de résumer ici. Mieux vaut lire Lewis Carroll, faire confiance au magique « Faisons semblant » d'Alice et ensuite, au moment de franchir le miroir de la fiction et de se lancer, par exemple, dans un roman, se fier aveuglément au bel et bon conseil de Michel Schneider : « Écrire dans la solitude de l'enfant qui joue. »

Sur une étagère de mon bureau, à côté des contes de Lewis Carroll, j'ai aussi placé une relique des années où, comme Alice, vers l'âge de sept ou huit ans, je m'inventais des histoires. C'est une boîte, celle où ma mère, qui avait été couturière, rangeait des boutons. La plupart d'entre eux sont inutilisables. J'aurais pu la jeter mais cette boîte est mon premier monde-histoire. Mon « Faisons semblant » de petite fille a transformé ces boutons en personnages et ils le resteront à jamais. Ici les oppresseurs, là, les oppressés. Et pour les séparer, un bataillon de hardis chevaliers-boutons.

Contrairement aux livres de Lewis Carroll, je rouvre rarement cette boîte. Il suffit que je m'en souvienne pour que je retrouve le scénario et les héros récurrents de ce micro-univers parallèle – le premier que j'ai inventé. Mon casting, je le reconnais, était aussi sommaire que celui des soap-opéras. Dans le rôle principal, un bouton de métal qui devait remonter aux années 1940, lourd, renflé, strié de raies jaunes et vert acide. Dès que je l'avais vu, j'avais jugé qu'il incarnerait à la perfection l'héroïne de mon feuilleton, « la Méchante », ainsi nommée parce qu'elle passait le plus clair de son temps à harceler ces pauvres troupeaux anonymes et sans défense qu'étaient les boutons-pressions, les boutons de col, les boutons de poignet et surtout les parias de la boîte à boutons, les boutons de culotte.

Comme j'avais déjà écouté et lu beaucoup de contes, et pris un plaisir inouï à leurs adaptations en dessins animés, je n'avais pas manqué d'imposer une co-star à la Méchante : la Reine des Boutons. Curieusement, son rôle était muet. Au lieu de calmer les pulsions agressives de la Méchante, elle la laissait faire, immuablement figée dans sa majesté scintillante. Et jamais moyen de lui arracher un mot.

Il fallait évidemment que quelqu'un s'en mêle et le destin, en l'occurrence moi, m'avait placée à la tête d'un bataillon de chevaliers-boutons. Comme j'aimais le bleu, j'étais bleue et on m'appelait « le Bouton Bleu. » C'était mon unique signe distinctif. Mes mousquetaires étaient jaunes, rouges ou verts. Nous étions cependant du même bois ou plutôt du même plastique, et perforés de quatre trous identiques.

Notre taille aussi était identique. Je devais déjà me sentir l'âme républicaine.

J'ignore comment j'ai pu rester si longtemps à la tête de ce corps d'armée car je préférais de loin la diplomatie à l'usage de la force. Lors des guerres qui m'ont opposée à la Méchante, j'ai passé mon temps à nouer des alliances secrètes avec de puissants dignitaires-boutons. On les reconnaissait à leur métal doré frappé d'une ancre de marine. Je me demande s'ils ne disposaient pas de l'arme nucléaire car ils ne s'étaient pas approchés de la Méchante qu'elle rentrait dans son trou, à savoir la vieille boîte de pastilles contre la toux où ma mère entreposait ses épingles.

Cette saleté de Méchante, malheureusement, finissait toujours par en ressortir, et comme la Reine s'entêtait à lui laisser le champ libre, pas moyen d'avoir sa peau. Je n'ai jamais réussi à pacifier le Monde des Boutons.

*

Il est vain de préciser qu'avec ces histoires que je me racontais à mi-voix, je tenais la chronique des conflits qui déchiraient ma famille et dont j'avais perçu, sans pouvoir encore les analyser, les rouages et les mécanismes. Mais j'ai dû me sentir à l'étroit dans ce micro-univers car une nouvelle aventure, un jour, m'a semblé beaucoup plus palpitante : j'ai commencé à me raconter des histoires toute seule.

Ça se passait toujours le soir et dans mon lit. Je redoutais d'être dérangée ou surprise dans ces récits ; je me les racontais à voix basse, recroquevillée dans un nid que je formais avec mes draps et mes couvertures. Alors, les yeux fermés, je me propulsais dans un vide intersidéral où, très vite, commençaient à s'agiter des images.

Lesquelles, je ne sais plus. Tout ce qui me revient, c'est qu'à la suite d'un étrange big bang créatif, ces images mutaient puis s'assemblaient pour former une histoire.

Je me rappelle aussi certains soirs où ce que je me racontais m'arrachait des larmes ou des rires. Mais dès que j'avais ri ou pleuré, je tendais l'oreille vers les pièces voisines et je me demandais : « Est-ce qu'on m'a entendue ? »

C'était alors fatal : je perdais le fil de l'histoire. Je me sentais sans forces ; la marée du sommeil en profitait pour m'emporter et mes rêves prenaient, je suppose, le relais.

Lorsque je repense à ces silencieux débuts de nuit où, sous l'effet de ma baguette magique invisible, des histoires jaillissaient dans le noir, j'éprouve toujours un immense bien-être.

L'obscurité d'où elles avaient surgi était pourtant déroutante et la façon dont le siphon du sommeil avait subitement aspiré ces étoiles éphémères n'avait rien de rassurant. Mais j'y trouvais mon bonheur. Mon histoire comptait moins que ce qu'elle m'avait murmuré en secret : « Tu n'es pas seule. »

*

J'aimais toujours les contes. J'en lisais beaucoup. Mais c'était plus fort que moi, un jour ou l'autre, il fallait que je revienne à Alice. À chaque relecture, je tombais sous le charme ; et même si je laissais maintenant la boîte à boutons de ma mère là où elle la rangeait, dans le tiroir droit de sa machine à coudre, mon ambition ne changeait pas : faire rendre gorge à cette sale garce que j'avais appelée « la Méchante ».

Était-ce le nom que je donnais à la réalité ? Je ne désespérais pas, en tout cas, de pouvoir remplacer un jour ses mensonges par les miens.

L'année de mes huit ans, ma passion du « Faisons semblant » a encore pris une nouvelle forme. Aux histoires que je me racontais dans le noir, j'ai préféré les fictions à l'air libre des jeux où j'entraînais mes amies.

Quand je les invitais à passer de l'autre côté des choses, je m'en remettais aux formules les plus communément répandues chez les enfants : « C'est pour de rire » ou « C'est pour de faux ».

Ça n'entamait en rien ma force de conviction. Un après-midi, j'ai si bien persuadé ma voisine Solange qu'elle était un taureau furieux et moi un torero virtuose, que nous en avons oublié l'endroit où nous nous étions installées pour jouer, la cour qui étirait sa langue de ciment devant la longère que ma famille partageait avec trois voisins.

J'avais choisi d'ouvrir cette similicorrida sur la formule : « C'est pour de rire » et, avec la même efficacité que le « Faisons semblant » d'Alice, Solange, sur-le-champ, avait consenti à se transformer en taureau furibond.

Un muret de granit fermait cette cour dont nous foulions maintenant le ciment comme si c'était le sable moelleux d'une arène. Il avait plu ce jour-là ; lors d'une manœuvre du napperon rouge vif qui me tenait lieu de muleta, Solange a glissé et perdu l'équilibre. Sa tête est allée cogner le muret ; quand elle s'est relevée, elle avait une énorme bosse sur le front et elle saignait. La voisine, qui suivait notre manège depuis sa fenêtre, s'est précipitée pour désinfecter la blessure de Solange et l'asperger de teinture d'arnica. À ses cris, nos mères respectives ont jailli dans la cour. La voisine, elle aussi très inventive, leur a servi je ne sais quel bobard. Elles ont bien voulu le gober et l'incident fut clos.

Il a quand même valu à Solange une cicatrice. Je m'en suis longtemps sentie coupable, et pendant des années je me suis demandé ce qui avait pu nous arriver cet après-midi-là.

J'ai eu la réponse une dizaine d'années plus tard, d'une manière saugrenue puisque cela se passa en Sorbonne, lors d'un cours plutôt soporifique sur les poètes latins. À ma grande surprise, lorsque le docte mandarin qui nous dispensait ses enseignements aborda le chapitre intitulé « La question de la vérité littéraire dans *L'Art poétique* d'Horace », il évoqua la théorie de la vraisemblance développée par l'écrivain britannique Samuel Coleridge au tout début du XIXe siècle.

Selon Coleridge, expliqua-t-il, lorsqu'un lecteur ouvre un roman, il est tout à fait conscient que l'auteur va l'entraîner dans un monde fictif. Non seulement ça lui est égal mais c'est ce qu'il attend. Il choisit donc, le temps de la lecture, de museler son sens critique et d'accepter comme réels des univers, des personnages, des événements qui sont parfois d'une extravagance achevée. Le lecteur sait qu'ils sont le seul fruit de l'imagination de l'auteur mais il a furieusement l'envie d'y croire, et il y croit.

Ce contrat, toutefois, est assorti d'une date limite. À l'instant où le lecteur aura lu la dernière phrase du livre, il prendra fin.

*

J'ignorais tout de Coleridge et de sa théorie. Je ne savais pas non plus qu'on l'avait baptisée « principe de la suspension volontaire de l'incrédulité ». Cette approche de la fiction m'a paru lumineuse : je comprenais enfin pourquoi j'avais pris tant de plaisir à lire Lewis Carroll puis Jules Verne – voire ces exécrables romans de science-fiction, *L'Énigme de la Septième Planète* ou *L'Atlantide attaque*, dont j'avais raffolé l'année de mes douze ans. Mais surtout, je tenais l'explication de ma mésaventure tauromachique avec Solange. Je lui avais proposé un contrat fictionnel et elle l'avait accepté. Je ne l'avais pas bernée, les termes de notre échange étaient clairs : c'était seulement « pour de rire » que je lui avais demandé de se glisser dans la peau d'un taureau.

« Pour de rire », c'est-à-dire pour quelques minutes. À la fin de cette parenthèse, il était implicitement convenu entre nous que nous reviendrions aux choses dites « sérieuses ». Je m'étais donc métamorphosée en hardi torero et j'avais tout fait pour que Solange, de son côté, se change en taureau furieux. Sans le ciment glissant de la cour et ma maladresse à manipuler mon napperon-muleta, nous aurions continué, moi à déployer tous les efforts possibles pour qu'elle croie à mon histoire, et elle à y croire dur comme fer. Nous aurions ainsi passé un petit moment à singer les déplacements et les émotions du torero et du taureau qui s'affrontent dans l'arène puis, quand nous en aurions eu assez, nous serions redevenues ce que nous étions dix minutes plus tôt, des petites filles bien sages.

Ou supposées telles. Il est vraisemblable qu'à la première occasion, j'aurais proposé à Solange un nouveau « Pour de rire » qui aurait aussi bien marché que la fois d'avant.

*

À la fin de ce cours mémorable, j'appris aussi que le mot français « auteur », de façon lointaine et assourdie, évoque le contrat dont avait parlé Coleridge. Chez les Romains, laissa tomber l'austère mandarin, l'*auctor* était l'homme qui, lors d'un emprunt, garantissait que l'argent prêté soit remboursé – la caution. Puis le sens du mot s'élargit et il finit par désigner, entre autres, la personne qui garantit la crédibilité d'un texte écrit. L'écrivain, en somme, qui propose à ses lecteurs de le croire, lesquels acceptent le marché parce qu'ils comptent bien, à terme, être remboursés en plaisir.

Voilà qui me ramenait à ma corrida fictive. Preuve de plus, me suis-je dit, qu'il faut être deux pour faire un roman : celui qui fait croire et celui qui croit, celui qui l'écrit et celui qui le lit.

Les lecteurs, lorsqu'ils veulent signifier à un auteur tout le plaisir qu'ils ont pris à vivre en immersion dans l'univers d'un de ses romans, en parlent fréquemment comme ils feraient d'un rapt : « J'ai été emporté ! », « Vous m'avez embarqué ! ». Ils qualifient aussi le roman de « prenant », « captivant », « saisissant ».

« Je ne savais plus où j'étais, ajoutent-ils parfois, j'ai perdu la notion du temps. » Le rapt a été doublé, on dirait, d'une perte de contrôle sous l'effet d'un mystérieux ingrédient qui s'apparenterait à un philtre amoureux car ils précisent : « Ce livre est envoûtant ! », « Il m'a subjugué ! ». Dans le même registre, d'autres évoquent l'empire d'une drogue : « J'étais accro à votre roman, il est addictif. »

Quand ils ont aimé un roman, ils s'exclament aussi : « Je suis tout de suite entré dedans. » Cette image me conduit à envisager que la Maison-Écrire pourrait être doublée d'un pendant, « la Maison-Lire ».

Si cette supposition est fondée, son architecture, me semble-t-il, est bien moins complexe que celle de la Maison-Écrire : une entrée, une sortie. Ou un puits, car certains lecteurs disent aussi : « Je suis tout de suite tombé dans votre roman. »

Cela dit, ils s'en sont tous extraits puisqu'ils sont là pour vous en parler avec l'enthousiasme de voyageurs qui viennent de vivre une équipée passionnante. Leur retour à la réalité n'est pas toujours exempt de nostalgie ; on les entend parfois soupirer : « J'ai eu du mal à en sortir ». Et, si le roman les a marqués : « Je n'en suis pas sorti indemne. »

Ne pas s'imaginer pour autant que l'accès à la Maison-Lire soit facile. Certains lecteurs se plaignent d'avoir dû batailler avant que la porte de la fiction ne consente à céder – « J'ai eu du mal à entrer dans votre roman ». D'autres ont carrément renoncé : « J'ai eu beau essayer d'entrer dedans, je n'ai pas réussi. »

Comme après ces aventures amoureuses qui ont tourné court en dépit des attentes qu'on y a placées, ils se sentent frustrés. Quant à l'auteur, il se dit qu'il a déployé toutes ses ressources de séduction en pure perte : le lecteur ne l'a pas cru, leurs imaginaires ne se sont pas rejoints, l'équipée romanesque est restée sans lendemain. Et il aura beau invoquer Rimbaud et son précepte : « Le poète doit se faire voyant », il n'arrivera à rien si son lecteur ne se fait pas croyant.

*

Il se peut aussi que des lecteurs, pour signifier leur enthousiasme, recourent au vocabulaire policier : « Ah, vous m'avez cueilli ! »

Ou au lexique de l'arnaque : « Vous m'avez bien eu ! », « J'ai complètement marché ! ». Alors qu'un créancier berné par un escroc lâcherait ces mots en écumant de rage, ils jubilent.

Je m'interroge depuis longtemps sur cette inversion. L'auteur de fiction serait donc un expert dans l'art de vous emberlificoter dans ses embrouilles narratives ? Un trafiquant de mots si sympathique qu'on lui pardonne l'entourloupe du roman du moment qu'il la pratique, comme Arsène Lupin, en artiste, pas-vu-pas-pris ?

La question fut posée dès la naissance du roman moderne – on la situe généralement au XVIIe siècle, l'époque où Cervantes révéla les ressources inouïes d'inventivité d'un genre encore corseté par les conventions du roman de chevalerie. Son *Don Quichotte* rencontre un succès immédiat et cependant, selon l'élite pensante du XVIIe siècle, presque exclusivement masculine, lire un roman reste une activité suspecte :

où est l'utilité ? Dans tous les cercles de pouvoir, on vitupère : distraction à l'usage des femmes. Et encore : où sont les leçons de morale ? Et pour comble, ces tissus de mensonges sont rédigés en prose ! Pas besoin d'avoir fait du latin et d'être fin lettré pour les comprendre, où va-t-on ?

Ces dignes et savants messieurs, pourtant, ne pouvaient s'empêcher de lire des romans. En cachette.

*

Au début du siècle suivant, le mépris affiché pour le roman devient tel que Daniel Defoe, auteur de ce *Robinson Crusoé* qui consacre la toute-puissance de la fiction, se défend de l'avoir écrit et proclame à qui veut l'entendre que son best-seller est dû à la plume de Robinson Crusoé lui-même, un marin qui existe vraiment et a bel et bien vécu les aventures qu'il a racontées dans son livre. Comment imaginer que lui, Daniel Defoe, digne membre de l'Église presbytérienne, ait pu s'abaisser à écrire un roman ? Odieuse calomnie.

Comme Defoe est un expert en double jeu – entre autres filouteries, il a été agent secret –, il ne convainc pas grand monde. Mais il s'obstine à vouloir passer pour un parfait chrétien, si entêté qu'il rédige un mémoire, qu'il attribue encore à son Robinson imaginaire, où le supposé ex-naufragé se répand en invectives sur les narrateurs de toute espèce.

Le réquisitoire est peu nuancé. Criminels pervers, fulmine-t-il, bouffons avides, stupides, mythomanes dont les représentants les plus exécrables sont les romanciers puisqu'ils ont l'impudence de considérer que leurs mensonges ne sont qu'un jeu, alors qu'au regard de Dieu, l'invention est la mère des péchés.

Defoe/Robinson ne manque pas d'air. Dans ce texte insensé, il va jusqu'à comparer le mensonge narratif au baiser de Judas, au sourire de l'assassin et à y reconnaître sans faillir la marque de Satan.

Personne ne fut dupe. Quant à Defoe, il n'avait pas achevé sa diatribe contre les romanciers qu'il se remit à écrire des romans. Ses lecteurs les dévorèrent avec le même appétit que *Robinson Crusoé*.

Puis il publia le journal – évidemment fictif, et tout aussi brillant que ses romans – d'un témoin imaginaire de la Grande Peste de Londres. Et comme il n'était plus à une contradiction près, il rédigea ensuite une étude sur les méfaits du Diable à travers les âges.

Fallait-il qu'il l'aime. Et qu'il ait oublié qu'un des surnoms de Satan est « le Prince du Mensonge ».

Je me demande si cette défiance à l'égard du roman a disparu. Lorsqu'on pense avoir démasqué un mythomane, il est courant de s'exclamer : « Tout ce qu'il dit, c'est du roman ! » Des auteurs à la veille de publier leur première fiction déclarent aussi : « J'ai commis un roman », comme si c'était une faute dont il convient de s'excuser d'avance ; et lors de mes ateliers d'écriture, j'ai constaté que l'acte d'imaginer représente encore pour quelques-uns une transgression majeure.

Ainsi, dès la fin d'une première séance de travail, une jeune femme m'a prise à part pour m'annoncer : « Je ne reviendrai pas. Je ne peux pas mentir. »

*

Mentir : parlait-elle de l'exercice que j'avais proposé pendant cette première séance, celui que j'ai évoqué au tout début de ce livre, inventer un début d'histoire à partir de la photo de la maison et de l'ombre qui s'allonge sur le jardin enneigé ?

Je le pressentais mais cela m'étonnait. Elle s'était prêtée au jeu sans rechigner et le texte qu'elle avait écrit était bon. En une quinzaine de lignes, elle avait réussi à installer une atmosphère fantomatique et un embryon d'intrigue. La maison était habitée par une aristocrate atteinte de dépression mélancolique ; l'ombre était celle d'un médecin qui venait la soigner.

Avec la même spontanéité, elle avait choisi un point de vue, celui de la malade. On la voyait guetter le médecin depuis une fenêtre de la maison et on sentait qu'elle le redoutait ; elle lui trouvait une ressemblance avec un oncle qui avait vécu dans cette maison par le passé. On devinait aussi qu'autrefois cet oncle et elle, pour une raison encore inconnue, s'étaient violemment affrontés.

*

J'ai demandé à cette jeune femme si elle pouvait m'expliquer ce qui l'avait heurtée dans l'exercice. Elle a répété : « Mentir. »

Disait-elle « mentir » au lieu de « transposer » ? En relisant son texte, avait-elle découvert qu'elle avait évoqué sous forme fantasmée un épisode de sa vie et avait-elle eu le sentiment d'avoir été piégée par l'exercice que j'avais proposé ? J'ai eu cette impression mais je l'ai gardée pour moi.

J'ai voulu la rassurer : « Nous mentons tous ! Et ici, on s'amuse, on joue. Où est le mal ? »

Le mal : ce fut le mot de trop. Elle s'est raidie, m'a jeté : « Je ne mens jamais ! », et m'a plantée là.

Ce « Je ne mens jamais ! » m'avait déjà été opposé mais dans un contexte cocasse, par une redoutable intrigante et fabulatrice de mon entourage que, par une chance inouïe, je venais de confondre. En dépit de tout, elle avait gardé son sang-froid : « Pour qui me prenez-vous ? Je ne mens jamais. »

Puis elle avait souri : « De toute façon, si vous me dénoncez, qui vous croira ? Vous êtes romancière. »

Avec la jeune femme de l'atelier comme cette fois-là, j'en étais restée sans voix. Les situations, cependant, étaient très différentes. Dans les deux cas, le « Je ne mens jamais ! » racontait une peur, mais la harpie que j'avais prise en flagrant délit craignait d'être obligée de renoncer à son sport d'intérieur favori, enfumage et pigeonnage, tandis que la jeune femme, elle, avait été terrifiée par ce qu'elle avait entrevu d'elle-même au bout de quelques minutes d'invention. Comme l'héroïne de Lewis Carroll, elle avait passé une tête dans la Maison du Miroir. Mais elle n'avait pas l'intrépidité d'Alice. Ce qu'elle y avait découvert l'avait tellement effrayée qu'elle l'avait aussitôt retirée pour regagner ce réel dont elle estimait qu'il était d'une transparence absolue.

Alors qu'il est la plupart du temps opaque. Et qu'on a plus de chance de voir clair dans la vie – et dans sa vie – lorsqu'on risque le voyage de l'autre côté du miroir.

*

Je n'ai jamais revu cette femme. Son départ m'a laissé le sentiment d'un échec. J'ai caressé l'idée de lui écrire. Je ne l'ai pas fait. Il m'en est resté un regret.

Je vais donc imaginer ici ce qu'aurait pu être ce courrier. Lui adresser en somme une lettre fictive sur ce que je n'ai pas su, ou pas pu, lui dire de la fiction.

Je ne sais presque rien d'elle. Je me rappelle seulement à quel point elle était éprise de vérité.

Je vais donc l'appeler Éprise, Éprise de Vérité. Le prénom n'existe pas, le patronyme non plus. Qu'est-ce que ça peut faire ? L'objet de ma lettre n'est pas cette jeune femme mais ce que j'aimerais lui dire du roman.

Je m'y prendrais en douceur. Après un bref exposé des motifs de mon courrier – mon sentiment d'échec, mon lamentable esprit de l'escalier –, je lui résumerais les premières pages d'un roman de Salman Rushdie, *Haroun et la mer des histoires*.

La jeune Soraya a pour mari Rachid, un conteur adulé de tous, pour cause : contrairement aux hommes politiques qui suscitent la défiance générale, surtout quand ils prétendent dire la vérité, tout le monde a une confiance absolue en Rachid parce qu'il admet que ce qu'il raconte est faux et inventé.

Un jour, malheureusement, un voisin jaloux dit du mal de Rachid à Soraya : « La vie n'est pas un livre de contes ni un magasin de farces et attrapes. Tout cet amusement ne mènera à rien de bon. À quoi servent des histoires qui ne sont même pas vraies ? »

Ébranlée, Soraya décide de quitter Rachid pour le voisin, et avant son départ, lui laisse une lettre où elle lui explique pourquoi elle s'en va ; à force de multiplier les inventions, il a perdu tout contact avec la réalité.

Haroun, le fils qu'elle a eu de Rachid, était dans les parages quand le voisin a proféré la phrase : « À quoi servent des histoires qui ne sont même pas vraies ? » Lorsqu'il se retrouve seul avec son père, il se dispute avec lui et reprend à son compte l'accusation du voisin : les fictions ne servent strictement à rien. Mais il n'a pas proféré ces mots, nous dit Rushdie, que le merveilleux conteur qu'était Rachid est frappé d'un maléfice ; il n'a plus le moindre désir de raconter des histoires. Haroun devra affronter des dizaines d'épreuves avant de pouvoir conjurer le sortilège. Il n'y parviendra pas sans comprendre à quel point sont essentielles les histoires qui ne sont même pas vraies.

Je conseillerais à Éprise de lire ce livre séance tenante. Et j'argumenterais : en apparence, c'est un roman pour adolescents et, comme toujours chez Salman Rushdie, cette fiction est baroque, foisonnante, burlesque, fantasque et parfois abracadabrante. Mais il n'y a pas parabole plus juste sur l'impérieuse nécessité des fictions : sans elles, nous perdons toute humanité.

*

Ensuite, je m'enhardirais. Je déclarerais à Éprise, cash, que la vérité littéraire n'a absolument rien à voir avec les tribunaux et les cours de morale. Les romanciers n'ont pas à délivrer une copie conforme des faits. Quand ils s'en emparent, c'est parce qu'ils les trouvent obscurs et qu'ils ne voient que la fiction pour les éclaircir – autrement dit forcer la fameuse « Vérité » à sortir du puits dont c'est, paraît-il, le séjour préféré.

Et j'ajouterais : lorsque les romanciers les transforment, ces faits, quand ils les arrangent, les accommodent à leur façon ou carrément, les inventent, ils font, à condition de bien s'y prendre, une étrange expérience : les lecteurs voient dans leur roman un texte qui rend tellement mieux compte de la vérité que ce qui s'est passé « en vrai ».

Je ne cacherais pas à Éprise que ce phénomène reste mystérieux, je lui dirais que c'en est à croire que l'être humain naît *Homo narrativus* autant qu'*Homo sapiens*, doté à la fois de la faculté du langage et de la liberté d'en faire ce qu'il veut – mentir, par exemple (à propos, Éprise, si vous cherchiez combien de mensonges, petits et gros, vous avez commis depuis ce matin ?).

Et j'enfoncerais le clou : c'est toujours le langage, chère Éprise, lorsqu'on l'utilise en mode « Faisons semblant », qui permet l'accès à ce « mentir-vrai » sur lequel Aragon, romancier autant que poète, ne cessa de s'interroger toute sa vie, avant de conclure que c'était à n'y rien comprendre et que c'était très bien ainsi.

Alors ? Alors oser. Mépriser ses peurs, laisser place au mécontentement du réel, balayer les barrières, transgresser les interdits, s'autoriser le rêve éveillé, traverser les miroirs des apparences avec la même hardiesse qu'Alice puis, une fois de l'autre côté des choses, ouvrir son troisième œil, celui qui fait qu'on voit ce que, d'ordinaire, on ne voit pas. Et pour finir, s'abandonner à tous ces songes qui sont autant de mensonges qui disent la vérité.

Comme on s'en doute, s'attaquer au béton du réel ne sera pas une partie de plaisir. Contrairement au miroir d'Alice qui se traverse comme une mousseline, il faudra le frapper, le refrapper, le fendre et le refendre, le fracasser, le pilonner jusqu'à ce qu'il explose, et ensuite, labeur bien plus exigeant, on devra laisser la parole à l'autre en soi qui n'a pas encore eu son mot à dire.

Mais pas le choix. Il ne vous lâchera pas tant qu'il n'aura pas parlé.

*

Après cette envolée (assez exaltée, je l'admets, et peut-être un brin péremptoire), il est tout à fait possible qu'Éprise fasse de ma lettre une boulette et la balance à la poubelle.

Tant pis, je m'accroche à l'hypothèse qu'elle va la lire jusqu'au bout et je lui propose, en guise de conclusion, de faire son miel de trois autres livres : *L'Art du roman*, de Milan Kundera ; *Le Mentir-Vrai* d'Aragon, et son insolent *Je n'ai jamais appris à écrire ou les incipit.*

Il me semble raisonnable d'en rester là. Sauf peut-être pour rédiger un post-scriptum où je supplierais Éprise de ne pas aller chercher sur Internet une définition du roman. Elle en trouverait des centaines et s'y perdrait, tant elles sont diverses et contradictoires.

Je me permettrais quand même de lui en signaler une, la seule à mon goût, que j'extrais précisément de *L'Art du roman* de Kundera : « Le romancier est un découvreur qui, en tâtonnant, s'efforce de dévoiler un aspect inconnu de l'existence. » Elle en fera ce qu'elle veut.

Sur ce (toujours mon incorrigible esprit de l'escalier), je rédigerais une ultime apostille : pour le roman ainsi que pour le journal intime et l'autobiographie, un seul principe, liberté, liberté chérie. Donc, de grâce, oublier les tribunaux que nous imposent la vie réelle, la morale, la culpabilité, le qu'en-dira-t-on, la famille, les voisins.

Et fuir comme la peste ceux qui passent leur temps à baver sur les histoires qui ne sont même pas vraies.

7

La chambre des infinis possibles

Imaginons encore. Convaincue par ma lettre, la jeune Éprise a décidé d'écrire un roman.

Je la vois. Elle ressemble à un portrait très ancien, celui d'une femme qui s'apprête comme elle à écrire. J'ai beau faire, je ne peux pas me la figurer autrement.

*

Je ne sais pourtant rien de la femme qui a inspiré ce portrait. Lorsqu'on l'a découvert dans une maison de Pompéi, on a cru y reconnaître la poétesse Sappho ; ou l'une de ces Muses si promptes à porter secours aux écrivains en panne d'invention. Il se peut que ce soit tout bonnement l'épouse du propriétaire ou la fille de la maison, mais si l'auteur de cette fresque l'a figurée ainsi,

méditative et posant sur sa lèvre inférieure la pointe de son stylet avant d'inciser la cire de ses tablettes, c'est à coup sûr qu'elle était cultivée et prenait plaisir à écrire.

À la vérité, poétesse, jeune matrone, fille de la maison, ça m'est égal. Cette image s'est imposée à moi, et dorénavant, comme mes personnages du Monde des Boutons, je verrai à jamais en elle mon Éprise au moment où elle va se lancer dans un roman.

*

« Se lancer dans un roman » : l'expression frise le cliché mais je n'en vois pas d'autre. Ces instants-là, où la fiction prend son essor, ont quelque chose du saut dans le vide.

De la plongeuse, Éprise possède d'ailleurs le regard grave. Si elle est tendue, c'est l'effet de la concentration.

Elle calcule, prémédite, commence à ourdir les ruses et feintes narratives qui lui permettront, espère-t-elle, d'enfermer le lecteur dans le piège de son roman.

J'aime aussi le flou de son regard. Elle est déjà loin, dans un autre espace-temps.

Dans l'architecture biscornue de la Maison-Écrire, la chambre du roman se distingue par le trouble qu'elle sème chez qui en pousse la porte. Je n'y ai jamais vu très clair. J'y ai séjourné une quinzaine de fois mais je peine à la décrire. Disons que c'est une pièce au plancher mal joint et prolongé d'un encorbellement qui donne sur un gouffre. Au fond de cet abîme, l'infini des possibles.

Parmi ce chaos de virtualités, laquelle choisir, qui soit à même d'offrir un avenir à l'histoire que je rêve d'écrire ? Autour de moi, tout se fait mouvant, flottant, nébuleux, hésitant. Je chancelle, je vacille.

Je le sais pourtant : il suffirait que je forme une première chaîne de mots, puis une autre, et une troisième, puis des dizaines d'autres, arrimées à la précédente de la même façon, pour que mon vertige se dissipe. Je verrais alors, page après page, chapitre après chapitre, le gouffre des possibles se combler, remplacé par un monde-histoire bien assis sur ses bases, costaud, solide, et souverainement indifférent à ce qui n'est pas lui.

Puisque cette chambre et ces instants qui précèdent l'écriture d'un roman ne se prêtent guère à la description, je n'ai d'autre ressource pour l'évoquer que de m'en remettre à une image ; et la seule que j'ai trouvée est une estampe où le peintre Yoshitoshi (1839-1892) a choisi de représenter l'écrivaine Murasaki Shikibu, autrice du célèbre *Dit du Genji*, ce chef-d'œuvre de la littérature japonaise composé neuf siècles plus tôt.

Yoshitoshi a imaginé une Murasaki en pleine préméditation

romanesque. Le jour se lève. Combien d'heures a-t-elle passées sur ce balcon suspendu au-dessus du vide ? A-t-elle écrit ?

On ne dirait pas. Elle est accoudée sur un rouleau qui semble vierge de tout trait de pinceau. Mais son monde-histoire commence à émerger des brumes et ses contours ressemblent aux à-pics montagneux qui entourent le balcon, les uns déjà précis, les autres ensevelis aux trois quarts dans le brouillard.

Murasaki plisse les yeux, comme à la recherche de la première phrase de son livre, si concentrée qu'elle ignore l'abîme. La pleine lune pâlit, elle ne la voit pas non plus, ni le lumignon dont elle aurait dû, avec le point du jour, souffler la bougie.

Pourquoi s'en soucierait-elle ? Dans les myriades de possibles qui s'offrent à son imaginaire depuis le fond du gouffre, elle vient d'en choisir un. Elle vivra désormais sous la lumière immatérielle du romanesque, qui ne faiblira pas avant qu'elle n'ait mené l'histoire à sa fin.

Ma découverte de cette estampe est toute fraîche, elle remonte à trois mois. Si je l'avais connue du temps de mes ateliers, je l'aurais distribuée à ceux qui s'y étaient inscrits. Mais je le sais : aussitôt, quelqu'un m'aurait demandé : « Par quelle phrase Murasaki a-t-elle commencé son livre ? » On m'aurait posé en somme la question de l'incipit – le nom un peu savant qu'on donne aux premiers mots d'un roman.

*

Marque éminente de la passion qu'inspirent les incipit, plusieurs ouvrages leur sont consacrés, dont deux anthologies. L'une d'entre elles en recense 599, mais elle est largement battue par un site Internet qui en compte 2 500. Parallèlement, des sites proposent des « Top 10 », « Top 15 », « Top 50 » des incipit, tandis que d'autres les commentent et les classent en catégories – à titre d'exemple : incipit statique, progressif, dynamique, descriptif, séductif. Comme il fallait s'y attendre, ils les assortissent de sous-types.

Toutes ces analyses sont passionnantes mais elles ne répondent pas à la question qui me fut posée dès la fin de mon premier atelier par un participant qui avait à l'évidence consulté ces sites : « Nous, pour trouver la première phrase d'un roman, on s'y prend comment ? »

Le ton était celui d'un homme exaspéré. On aurait dit qu'il était entré dans un magasin de baguettes magiques et qu'il avait renoncé à en acheter au motif qu'il n'en était pas une seule qui fût assortie de son mode d'emploi.

Comment lui avouer que je ne le connaissais pas plus que lui ? J'ai lâchement remis ma réponse à la semaine d'après : « On fera un exercice, vous allez voir… »

Quel exercice ? Je n'en avais aucune idée.

*

La veille de la séance suivante, j'ai découvert la façon de me sortir de ce mauvais pas. Je proposerais aux participants de l'atelier, non d'écrire la première phrase d'un roman mais la deuxième. La première leur serait imposée ; je la choisirais au hasard.

Il se trouve que ce soir-là, j'achevais de lire *La Serpe*, une enquête de Philippe Jaenada sur un triple meurtre survenu en Périgord en 1941. J'en étais arrivée au chapitre où Jaenada relate le procès du présumé coupable. À cette occasion, il reproduit terme à terme la déposition d'un témoin. Elle s'ouvrait sur ces mots : « J'ai acheté des betteraves la veille du crime. »

J'ai aussitôt interrompu ma lecture. Je tenais « ma » phrase, celle à laquelle j'allais proposer de donner une suite.

Pourquoi celle-là et pas une autre ? Parce que l'association incongrue des betteraves et du crime me paraissait d'un romanesque achevé, d'autant que l'indication « la veille » laissait entendre qu'un rapport de cause à effet pouvait relier le meurtre à l'achat des tubercules violacés.

Au moment de dicter ces mots aux participants de l'atelier, je ne dirais rien de leur origine ni de leur contexte. À chacun de les investir de ce qui fait un roman : un point de vue, un personnage, un monde-histoire. Et pour le raconter, ce monde, une voix.

*

Cette séance fut particulièrement réussie. Je n'avais pas proféré « ma » phrase que la phobie de l'incipit s'est instantanément dissoute. Tous les participants, en moins de vingt minutes (et quel que soit leur goût pour les betteraves, leur intérêt pour le crime et l'usage qu'ils se voyaient faire de l'un et de l'autre la veille d'un meurtre) avaient ébauché les contours d'un univers qui n'appartenait qu'à eux ; et découvert, en plus des mots qui lui donneraient vie, un ton.

Dans l'un des « Top 10 » des incipit mis en ligne sur Internet, Aragon occupe la neuvième place pour la phrase sur laquelle il a ouvert son roman *Blanche ou l'Oubli* : « La première fois qu'Aurélien vit Bérénice, il la trouva franchement laide. »

S'il avait lu ce palmarès, il aurait sûrement éclaté de rire. Il a toujours maintenu que cette phrase lui avait soudain traversé la tête, sans qu'il sache pourquoi. Elle lui avait plu, il l'avait aussitôt jetée sur le papier et d'autres phrases, alors, dans un mouvement qui s'apparentait à l'écriture automatique, avaient suivi. Il avait écrit son roman avec une facilité déconcertante.

Aragon, à ce miracle, ne voyait qu'une explication : cette première phrase, tel le diapason qu'on fait résonner avant un concert ou une répétition, avait donné le *la* de sa fiction. Il maintenait qu'il n'avait rien prémédité, rien calculé. Il le jurait : pour ce livre pas plus que pour les autres, il n'avait pas construit de plan :

« Je crois encore qu'on pense à partir de ce qu'on écrit et pas le contraire. [...] Jamais je n'ai écrit une histoire dont je connaissais le déroulement, j'ai toujours été, écrivant, comme un lecteur faisant la connaissance d'un paysage ou de personnages dont il découvre le caractère, la biographie, la destinée. »

Avait-il médité lui aussi sur l'expression : « se lancer dans un roman » ? Il a décrit le début de ses équipées romanesques comme il aurait fait d'un plongeon : « Je me jette à l'eau des phrases comme on crie. Comme on a peur. Ainsi tout commence... D'une espèce de brasse folle, inventée. D'où on coule ou survit. »

*

À l'en croire, il aurait pu aussi bien commencer son livre par l'incipit : « Fichtre ! s'écria la duchesse en allumant son cigare », et son roman aurait identiquement coulé de source. Il n'est pas allé jusque-là. Et il a concédé qu'il est d'autres façons de « se jeter à l'eau ». Ainsi, il n'a pas exclu que l'incipit soit le fruit d'un cheminement intérieur dont la nature et les méandres échappent absolument au romancier ; il a d'ailleurs fini par admettre qu'il a pu en aller de même pour lui.

Il l'a fait du bout des lèvres. Quoique tardive, cette

franchise rassure. Sinon, comment expliquer que la première phrase d'une fiction s'impose avec une telle brutalité et suffise, tel le « pour de rire » des enfants, à faire s'évaporer le monde « normal et le remplacer aussi vite par ce monde-histoire qu'on nomme roman, qui n'est pas la vie et pourtant tellement plus fort que la vie ?

Il faut s'incliner devant l'évidence : les incipit où les amateurs de Top 50 se plaisent à voir de mirifiques « Sésame ouvre-toi » ont été précédés d'un long malaxage inconscient de tout un fatras d'images elles-mêmes engrangées sans qu'on s'en aperçoive ; et voilà qu'un jour, de tout ce chaos, pour des raisons obscures, certaines d'entre elles se mettent à rôder à fleur de conscience puis à s'agréger et se condenser au point de se transformer en une sorte de réacteur verbal surpuissant. Et le miracle a lieu. Cette prodigieuse concentration d'énergie propulse dans l'espace-temps du roman une fusée narrative capable de générer des centaines de pages, parfois des milliers.

*

Mais qu'on ne s'y trompe pas, une première phrase de roman n'est jamais acquise. On croit à la trouvaille, et il arrive qu'à la relecture on fasse grise mine. Ce n'est qu'un demi, voire un quart de trouvaille.

Telle fut l'aventure de Tolstoï, nous raconte Aragon, à l'époque où il désespérait de parvenir à écrire le roman qu'il intitulera *Anna Karénine*. Un soir, accablé comme jamais par ce livre qui ne prend pas corps, il ouvre au hasard un recueil de Pouchkine et entame la lecture d'une de ses nouvelles. Soudain, une phrase l'arrête. On ne peut pas imaginer mots plus anodins : « Les invités s'étaient réunis à la datcha. »

Ce soir-là, ils le foudroient. Il se précipite sur une plume, les recopie et il ne les a pas notés qu'il visualise l'univers qu'il veut mettre en scène dans son roman. Tout y est : personnages, atmosphère, rebondissements. La phrase a servi de déclic. Simple mécanique, car le monde qu'il se voit déjà reconstituer n'a rien à voir avec celui de Pouchkine. Ce sera le sien, rien que le sien. À preuve, le lapsus qu'il fait en recopiant la citation : « Les invités, après l'opéra, s'étaient réunis à la datcha. »

Après l'opéra : trois mots de plus et Tolstoï réussit à rejoindre le monde-histoire qui, jusque-là, lui échappait, la haute société de Saint-Pétersbourg, arrogante, opulente, aveuglément soumise à la tyrannie des apparences et des rites sociaux. Il ne cherche pas à analyser ce qui vient de lui arriver. Il s'installe aussitôt à sa table de travail et ne la quitte plus.

En quelques mois, il rédige la première version de son roman. Mais perfectionniste, il le remanie à plusieurs reprises, et lors d'une de ces recompositions, la phrase qui a réveillé son imaginaire assoupi lui paraît sans intérêt. Il la biffe sans état d'âme et la remplace par celle qui lui vaudra de figurer dans la plupart des Top 50 des meilleurs incipit : « Les familles heureuses se ressemblent toutes ; les familles malheureuses sont malheureuses chacune à leur façon. »

*

Se garder d'être dupe de ces palmarès. Se demander plutôt au bout de combien de tâtonnements, corrections, insomnies, disputes avec les conjoints, critiques des amis et moues des éditeurs, les romanciers ont-ils fini par découvrir la pépite verbale qui leur vaut les honneurs des hit-parades littéraires ; et quelles errances ont précédé les mythiques (j'en pioche ici quatre au hasard dans le premier « Top 50 » qui s'est affiché mon écran) « J'ai possédé une ferme en Afrique au pied du Ngong » de Karen Blixen, « Aujourd'hui, maman est morte » de Camus, « C'était à Mégara, faubourg de Carthage, dans les jardins d'Hamilcar » de Flaubert, « Lolita, lumière de ma vie, feu de mes reins, mon péché, mon âme » de Nabokov.

Et combien de ratures avant que Proust n'ouvre *Du côté de chez Swann* sur son légendaire « Longtemps je me suis couché de bonne heure ». Dans la version initiale, la phrase n'apparaît qu'à la neuvième ligne puis, après des mois d'écriture et réécriture, elle s'impose péniblement à la première, mais sous une forme désastreusement retouchée – « Le soir je me couchais de bonne heure » –, avant que Proust, d'une main encore plus malheureuse, ne la remanie à nouveau : « Pendant des années, le soir, quand je venais de me coucher », le tout pour revenir à la version initiale le jour où il doit remettre son texte définitif à l'imprimeur, en plaçant son « Longtemps je me suis couché de bonne heure » à la première ligne du roman.

*

Hors Aragon, les romanciers – pudeur ? souci de leur image ? – ont rarement évoqué les instants vertigineux où, juste avant d'écrire, ils sondent le gouffre des infinis possibles. Sauf Philippe Claudel, peut-être, qui choisit d'ouvrir ses *Âmes grises* sur les mots : « Je ne sais pas trop par où commencer. »

Il faut s'y faire : tout est instable dans la chambre du roman, fuyant, glissant, fluctuant, bancal et oscillant. Un rêve de livre vous habite et vous suit partout, mais il vit sa vie et vous la vôtre. Un jour vous le tenez, le suivant, il n'est plus là.

Puis il revient. Il fait corps avec vous et vous, avec lui. Désir de livre, danse avec le livre, délices de la fusion.

Paradis fugace : voici qu'à nouveau le roman s'évapore. La page reste vierge. Blocage, tourments, dégringolade au fond du cachot des peurs. Cette folie, d'avoir voulu défier la réalité en combat singulier avec pour toute arme une pauvre épée de papier !

Mais pourquoi diable se représenter l'écriture romanesque comme un combat ? La matière du roman est liquide, aussi libre que l'eau, et a-t-on jamais vu quelqu'un marcher sur l'eau ? Dans un monde flottant, mieux vaut s'habituer à flotter. Ainsi, de remous en dérive, de soubresaut en abandon, les terreurs et les doutes, à défaut de disparaître, se font plus discrets et finalement tout revient, le désir d'écrire, les pages qui filent-filent-filent, la danse avec le rêve de livre.

De moins en moins un rêve, de plus en plus un livre.

Lorsque j'ai fini un roman et que j'en parle, je fais souvent ce lapsus : « Dans le rêve que je viens d'écrire… »

Le jour, je me suis laissé porter par un rêve éveillé mais quelque chose en moi le sait : le roman a aussi habité mon sommeil et certains matins, au réveil, j'ai l'impression qu'il a profité de la nuit pour coloniser des régions très obscures de moi-même, s'infiltrer dans des recoins insoupçonnés de ma mémoire, y déloger des images anciennes puis les entraîner au fond de chambres encore plus secrètes où il les a rhabillées à sa façon. Une semaine après, trois mois, parfois davantage, je les vois, sans crier gare, surgir au détour d'une page.

Je m'interdis toujours de m'interroger sur ce qu'elles me veulent. Ces images sont des filles de la nuit et les forces du rêve endormi, sous leurs dehors farfelus, savent parfaitement où elles vont.

Les tourments et les incessantes allées et venues des locataires de la chambre du roman les portent souvent à s'offrir une halte dans l'immense débarras situé juste au-dessus de cette pièce et que j'aimerais appeler le « grenier des souvenirs-songes », en me souvenant des mots qu'eut le philosophe Bachelard lorsqu'il tenta d'élucider les mystères de l'imaginaire des romanciers et des poètes.

Cependant je m'interroge : en nos temps où les greniers sont si communément transformés en « combles aménagés », l'image est-elle toujours lisible ? Encore faudrait-il se rappeler que naguère, on jetait peu, et ce qu'on gardait, on l'entreposait non à la cave ou au garage, comme de nos jours, mais sous les toits, là où jadis, dans des époques bien plus lointaines, les paysans conservaient leurs récoltes – des grains, pour l'essentiel, d'où le mot « grenier ».

*

Les greniers que j'ai connus étaient des entassements chaotiques. Y entrer, c'était se confronter à du passé en vrac, un amas déroutant, parfois inquiétant, de choses les plus diverses, ni tout à fait vivantes ni tout à fait mortes.

Toute petite, j'avais imaginé que c'était là que se trouvait le « dans le temps » qui revenait si souvent dans les récits des vieilles personnes – un monde dont j'avais compris qu'il avait existé bien avant ma naissance et que je ne le connaîtrais jamais.

J'ai longtemps cru que ces trois mots n'en formaient qu'un et s'orthographiaient « Danltan ». Du même coup, ma linguistique enfantine n'a pas craint d'en faire un substantif, « le Danltan ». Son siège, selon moi, était le grenier de mes parents.

Il m'effrayait autant qu'il m'attirait. Je me le représentais comme un ventre et c'était toujours en tremblant que je m'approchais de sa panse gorgée de choses fatiguées.

Elles me rappelaient les vieux. J'avais l'impression qu'elles étaient comme eux, proches de leur fin et ne demandant qu'à parler du passé.

Je me souviens surtout des livres et des journaux qui s'y entassaient. Quand, vers l'âge de six ou sept ans, j'ai saisi que certains d'entre eux étaient récents et d'autres, plus anciens, j'ai pressenti qu'ils avaient été précédés d'autres journaux et d'autres livres, et ainsi de suite jusqu'au fond du Danltan.

Il y a quelques années, j'ai voulu revoir ce grenier. La maison où j'avais grandi avait changé de mains plusieurs fois, et comme il fallait s'y attendre, il avait été remplacé par des combles aussi standard que proprets : poutres apparentes, isolation en Placoplatre, meubles IKEA. Sur une table, seule échappée onirique, une console de jeux vidéo.

C'était là que je m'étais inventé ma première Maison-Écrire et m'étais prise, avec mes lettres, pour la marquise de Sévigné. J'aurais pu soupirer, mais ça ne m'a fait ni chaud ni froid. Le jour où j'avais quitté la maison, j'avais emporté mon grenier et son temps insondable.

Les années passant, j'ai découvert que mon intuition enfantine était juste. Avec un roman, on plonge, non seulement dans le gouffre des infinis possibles, mais au fond de ce Danltan où se sont amoncelées toutes les fictions écrites depuis que les fictions existent.

Qu'importe qu'on les ait lues ou pas, chacune, récit des origines ou épopée des débuts du monde, a engendré de nouvelles formes narratives et ces mutations conservent des traces des formes anciennes ; celles qui leur succéderont seront à leur tour porteuses de quelques séquences d'ADN héritées des narrations précédentes.

C'est sans doute ce sentiment de chaîne ininterrompue depuis la nuit des temps qui me rassure quand, au sortir de la chambre des peurs, je vais me réfugier dans le grenier des souvenirs-songes. Là-haut, au plus près du toit de la Maison-Écrire, le monde flotte aussi mais c'est d'une autre flottaison. Je me sens comme en état

d'apesanteur. Rien à faire que me laisser porter par mon désir de roman.

Selon les jours, ma mémoire revisite mes inventions ou c'est tout l'inverse : ce que j'imagine recompose et réinvente ce que j'ai glané dans le chaos du passé.

Pendant ces minutes silencieuses dont le mystère évoque le cours d'une grossesse ou le dormeur de Proust tenant « en cercle autour de lui le fil des heures, l'ordre des années et du monde », quelque chose en moi espère et attend, que j'accueille sans chercher à le contrôler et qui finit, de façon tout aussi incertaine, par donner naissance à des images, des silhouettes, des fragments de scène, des colliers de mots qui n'ont de sens que pour moi – je les note en somnambule sur le premier bout de papier venu.

Puis sans préavis, le passé et le présent se rejoignent et je me vois dégringoler l'escalier qui mène à la chambre du roman où je me retrouve à écrire.

Plutôt à donner forme à ce qu'ont déjà écrit, à mon insu, toutes ces dérives et songeries vagues qui m'ont bercée le temps que j'étais là-haut.

*

Dans le grenier des souvenirs-songes m'ont aussi frôlée quantité de fantômes. Ceux des écrivains qui l'ont habité avant moi, les spectres des vivants que j'ai perdus de vue et, bien sûr, les ombres des morts qui font leur métier de morts : continuer, de façon diversement aimable et tenace, à hanter ma vie.

Les ai-je reconnus, ces revenants ? Peut-être, peut-être pas. Je suis certaine, en revanche, d'en avoir emmené quelques-uns dans la chambre du roman. Avant d'y entrer, ce n'étaient que des ectoplasmes. Mais ces formes vides vont vite se remplumer et ressusciter sous l'aspect de ces créatures étranges qu'on nomme les personnages.

Pourquoi ai-je décidé de rendre vie à ces spectres-là et pas aux autres ? La réponse est dans le nom que je leur ai donné : fantôme. Un mot dont la racine, contrairement à ce qu'on pourrait croire, n'a rien à voir avec l'acte d'imaginer. Elle signifie « révélation » et désigne ces moments où la lumière, en éclairant tout à coup un être ou un objet noyé dans l'ombre, dévoile leur présence et ce qu'ils sont.

Écrire pour chercher le caché, on n'en sort pas. Mais les romanciers, comme les conteurs, disposent d'un outil hors du commun, le pouvoir de créer des personnages. C'est à eux, les fantômes en maraude dans le grenier des souvenirs-songes, qu'incombe la charge d'illuminer le réel et d'accomplir la prouesse que le lecteur, de cette révélation subite, n'en revienne pas.

8

D'autres « Moi » que le mien

Avec le personnage, on s'aventure dans les pièces les plus secrètes de la Maison-Écrire. Hormis son rôle de révélateur, je l'avoue, je ne vois pas bien ce qu'il est. C'est un fils de l'obscur, un fils de la nuit, né de ces moments où tout ce qu'il y a d'obscur et de nuit chez un écrivain se réveille, et ranime l'un des désirs les plus violents qui puissent habiter un homme : devenir un autre.

Cette pulsion est contradictoire. Elle exige que cet autre fantasmé n'en soit pas tout à fait un ; et que l'écrivain, au terme de cette métamorphose, demeure lui-même. Enjeu de taille.

*

Je suis toujours déconcertée par la question « Comment créez-vous vos personnages ? » – et, au cas où mon roman me serait inspiré par des faits réels, sa variante : « Comment les choisissez-vous ? »

Un jour, j'ai pensé trouver un début de réponse dans le lointain passé du mot « personnage » – ce *persona* latin qui désigne le masque –, et de ses équivalents approximatifs, « rôle » « acteur », « protagoniste » qui renvoient, comme *persona*, au registre du théâtre.

Je me suis aussi penchée sur le mot « héros », inspiré, lui, par le titre que les Grecs de l'Antiquité attribuaient aux guerriers d'exception. Ils les vénéraient des siècles après leur mort ; ils les imaginaient bardés d'armes magiques et de pouvoirs hors du commun, croyance dont se sont fait l'écho les romans de chevalerie du Moyen Âge, avec Arthur, Lancelot, Perceval, lointains ancêtres eux-mêmes des super-héros de la moderne heroic fantasy.

Qu'ils soient issus du théâtre ou du conte merveilleux, tous ces mots sont porteurs d'un enseignement identique : il n'y a pas de roman sans conflit, action, quête ou révélation d'un secret. Mais ils ne nous apprennent rien sur la façon dont les personnages s'imposent dans le monde-histoire du romancier. D'où viennent-ils ? Surgissent-ils soudain tout armés, telle la déesse Athéna, de la cervelle de l'écrivain ? Ou se résument-ils à de simples décalques d'humains qu'il a kidnappés pour les précipiter dans le monde fictionnel ?

J'ai toujours su que mes personnages arrivaient de quelque part. Mais je n'ai pas cherché d'où ils venaient. J'en suis restée à ce constat : on s'était trouvés, eux et moi ; et comme pour Montaigne avec La Boétie, j'ignorais pourquoi, sauf que c'étaient eux, c'était moi.

La suite relevait du défi, celui qui est au cœur de l'entreprise romanesque, installer l'illusion qu'ils étaient plus vrais que les êtres dits « réels ».

J'ai sûrement kidnappé plusieurs fois certains de mes semblables afin de les transformer en héros de roman. J'en ai fait ma pâture. C'est à ce prix – un rapt suivi de pratiques anthropophagiques – qu'ils ont pu paraître vivants.

Je ne vois pas où est le mal. Pas un romancier qui ne se soit livré un jour ou l'autre à ces dévorations carnassières. Elles ne sont pas systématiques mais c'est un trait distinctif de notre tribu. Nos proies, à l'image des inconnus du carton à photos de mon ami Manuel, sont de simples supports.

Les ai-je alors construits de pièces et de morceaux, comme la « créature » du Dr Frankenstein ? C'est possible, et si c'est le cas, comme pour mes kidnappings, je ne pense pas avoir pratiqué ces chirurgies reconstructrices de façon délibérée. C'est à chaque fois mon inconscient qui a parlé. Je ne peux pas me reconnaître dans la figure d'un écrivain-démiurge qui, d'une subite étincelle imaginative, donne la vie à un hasardeux assemblage de restes humains.

En définitive, je ne vois qu'un mot qui puisse éclairer ce qu'est un héros de roman : l'équivalent anglais du mot personnage, *character*, transcription exacte d'un mot grec qui désignait les signes gravés, symboles ou profils de puissants, par lesquels on distinguait les pièces de monnaie les unes des autres.

Il s'est vite doublé d'un sens plus abstrait : le souvenir qu'un événement surprenant ou une personnalité d'exception laisse dans les esprits. Avec le mot *character*, on en revient donc à l'idée de trace, mais son dessin, ici, à l'image des figures imprimées dans le métal des monnaies, est très précis, et conçu pour résister à l'érosion du temps, d'où le soupir des lecteurs qui se sont attachés à un personnage romanesque : « Je ne peux pas l'oublier », « Il me hante », « Il m'a marqué(e) ». Il leur semble si proche, si familier, qu'ils emploient, pour en parler, le nom que leur a attribué le romancier.

L'empreinte du personnage est parfois si forte qu'elle gagne l'imaginaire collectif. Le patronyme du héros de roman peut alors devenir un nom commun. « Ces gens-là sont des Thénardier », dit-on ainsi en allusion au couple d'aubergistes rapace et sans scrupule des *Misérables* ; ou « Lui, c'est un rastignac » (sans majuscule au *r*), en référence à Eugène de Rastignac, ce jeune et brillant arriviste dont Balzac fit un héros récurrent de sa *Comédie humaine*.

Si l'écrivain considère que le profil de son héros se confond avec sa destinée et sa signification existentielle, il peut souligner cette valeur emblématique au moment de choisir le titre de son roman. Il lui donne tout simplement le nom de son héros, qui accède ainsi à la dignité enviée de « héros éponyme ».

Cette démarche suffira-t-elle à le faire entrer dans les palmarès de « Personnages inoubliables de la littérature » et « Personnages qui font rêver » qui foisonnent sur Internet ? L'affaire n'est pas gagnée. Sur ces listes, les héros éponymes, Lolita, Mme Bovary, Vernon Subutex, côtoient ceux qui n'ont pas eu les honneurs de figurer sur les couvertures des romans alors qu'ils ont tout autant frappé les imaginaires – j'en cite ici quelques-uns comme ils me viennent : Raskolnikov, Milady, Gulliver, Faust, Scarlett O'Hara, Big Brother, la duchesse de Guermantes. Eux aussi, ils nous ont convaincus que nous les avons croisés dans la « vie réelle ». Ils reviennent dans nos conversations comme si nous les avions connus.

Et nous les avons croisés, c'est vrai, nous les avons connus, nous les avons aimés, ou haïs, mais c'était entre les pages de nos livres, où ils nous ont offert des vies innombrables en plus de celle, toujours trop courte, toujours trop maigre, qu'il nous est donné de vivre.

En définitive, c'est en interrogeant le mot « fiction » que j'ai entrevu quelque chose qui m'a rappelé les moments où j'ai façonné mes personnages : ce dérivé d'un verbe latin qui, avant de désigner l'acte d'inventer, signifiait « modeler l'argile ». Je me retrouve bien dans cette représentation qui assimile l'écrivain à un potier installé devant son tour et qu'on voit faire surgir d'une matière indécise une forme aux contours aussi précis qu'inattendus.

La connaissait-il avant de se mettre à l'œuvre ? Si c'était celle que vient de lui souffler, il y a quelques secondes, l'air du temps, son humeur, le rêve qu'il a fait cette nuit ? Comme la matière qu'il modèle restera longtemps plastique, il pourra en tout cas, si l'envie l'en prend, modifier cette forme à sa guise.

Ainsi use l'écrivain de son personnage. Liberté grisante ; qui, sauf un dieu, peut engendrer des créatures plus ou moins à son image et à sa ressemblance en se réservant le droit de changer tout ou partie de leur apparence, les enlaidir, les embellir, modifier la couleur de leurs yeux, celle de leurs cheveux, les costumer, les décostumer, les torturer, les ranimer, les rejeter, voire les détruire si l'histoire l'exige ?

Cette liberté est aussi un labeur. Il faut imaginer juste. Sans cette exactitude (qui ne tient pas à une accumulation de précisions, mais à deux ou trois détails significatifs), le héros ne sera pas habité de l'illusion de vie qui conduira le lecteur à s'attacher à lui.

De haine autant que d'amour. Il est bon nombre de personnages de roman qu'on adore détester. Les pervers, les sournois, les sadiques, les affreux sont aussi doués que leurs antagonistes pour laisser dans les esprits cette empreinte dont parlaient les Grecs lorsqu'ils évoquaient des êtres inoubliables.

*

Je pressens maintenant où se dessine l'empreinte du personnage : dans l'océan de blanc que l'encre de l'auteur abandonne au lecteur.

Je ne saurais dire, je l'avoue, ce qui s'y passe, à moins de me rappeler la très lointaine époque où, d'autorité, on m'a placé un livre entre les mains.

Enfant, je vivais au bord de la mer et je ne voulais pas grandir. J'aimais rêvasser mais je n'avais pas envie de lire. Je préférais les images. J'en collectionnais de toutes sortes. Puis le jour est venu où on m'a chassée de ce que je prenais pour le paradis.

Quand on a commencé à m'apprendre à lire, je me souviens, la suite de caractères qu'on a pointée du doigt m'a fait l'effet d'une flottille de bateaux rébarbatifs qu'une main aussi sévère avait disposés en rang sur un océan blanc. On me lisait la phrase : « La poule appelle ses petits », en désignant la lettre *p* des mots « poule », « appelle » et « petits ». Je comprenais ce qu'on attendait de moi, je répétais consciencieusement les mots en forçant à mon tour sur les *p*. Mais le lendemain, comme on reprenait l'exercice et que j'avais tout oublié, je m'en remettais, pour m'en sortir, au lac chatoyant de l'image placée en haut de la page,

celle d'une ferme, qui me soufflait une lecture tout aussi judicieuse, selon moi, que l'énoncé de la veille. Au lieu de « La poule appelle ses petits », je lisais par exemple : « Le papa a posé une pelle devant la poule » ou « La petite fille protège les poussins ».

On a d'abord souri de ces fantaisies puis, avec fermeté, on m'a fait rentrer dans le rang. Mais quelque chose en moi est resté à cette approche première de la lecture, et s'entête encore à voir dans la page un fragment d'océan blanc où l'écrivain aligne une armada de caractères noirs entre lesquels l'imaginaire du lecteur pourra se frayer un chemin – son chemin.

Au moment de cet apprentissage, les livres ne m'étaient pas étrangers. Depuis quelque temps, j'observais l'expression de ma mère lorsqu'elle lisait. Avec ses yeux qui s'en allaient à droite, à gauche, puis revenaient de l'autre côté pour repartir encore, et ainsi de suite jusqu'à ce qu'elle tourne la page, avec sa façon, aussi, d'être absolument étrangère à ce qui l'entourait, elle me fascinait.

Plus que le reste, son silence m'intriguait. C'était, je le sentais, un silence vivant. Elle n'était pas seule ; derrière les verres de ses lunettes et ses paupières à demi baissées, des présences s'agitaient et elle les voyait. Je le devinais aussi, des voix lui parlaient.

Quand, des années plus tard, j'ai lu moi-même des romans, je l'ai compris : ces voix et ces présences étaient celles des personnages. À mon tour, je les voyais, je les entendais, même lorsqu'ils s'effaçaient, se taisaient et ne vivaient plus que dans ces riens qui disent tout, les blancs qui séparent les mots, les lignes, les paragraphes, les chapitres et les pages.

Si je n'arrive toujours pas à répondre, sauf de manière indirecte, à la question : « Comment créez-vous vos personnages ? », j'ai cependant une certitude : lorsqu'un personnage de roman, fût-il secondaire, a réussi à s'enraciner solidement dans le monde-histoire du romancier, on ne l'en déloge pas aussi facilement qu'on le pense. C'est l'aventure que j'ai vécue avec la figure de ce Léon Fatal dont j'avais fait le factotum de Marthe, l'héroïne de mon roman *Secret de famille* – une maîtresse femme isolée dans une province perdue ; elle m'avait été inspirée par une photo découverte au fond du carton que j'ai évoqué au cours de mon premier chapitre.

Léon Fatal, comme Marthe et la plupart de ses comparses, avait pris corps grâce à l'un de ces clichés, un portrait collé sur un support gris anthracite où une main avait griffonné une dédicace à une certaine « *Mlle Lydis* ». Il l'avait signée « RAMÓN », en majuscules.

À partir de ces deux inconnus et de cette dédicace, j'aurais pu imaginer une intrigue. Je n'en ai rien fait. Seul Ramón m'intéressait. Et encore, uniquement pour sa physionomie, front bas, joues épaisses, cheveux fournis, frisés et mal domestiqués ; et ce regard ténébreux qui sondait l'objectif du photographe comme pour lui signifier : « Prends garde, je lis en toi à livre ouvert. »

Ce Ramón me parut un peu butor mais malgré tout loyal, et par conséquent, idéal pour veiller sur le bien-être de mon héroïne. Il serait discret, jouerait les utilités, ce serait un personnage de second plan. Il ne s'appellerait sûrement pas Ramón, je n'aimais pas ce prénom. Et pour justifier l'irruption d'un Espagnol dans la vieille campagne assoupie où se déroulait mon roman, j'aurais été contrainte à une digression ; j'aurais risqué d'y perdre le fil de mon histoire. Ramón, en somme, n'avait rien à faire dans mon roman. Mais j'en étais certaine : sous une autre identité, il pouvait servir mon intrigue.

Je venais d'apprendre qu'une jeune fille de mon entourage avait eu pour arrière-grand-père un Syrien qui s'appelait Léon Fatal. Ce patronyme m'a séduite. Je lui ai demandé de me le céder. Elle a accepté.

Le Léon de mon roman n'avait pourtant rien d'un homme fatal. Il se contentait de servir sa patronne en chien fidèle, se montrait d'une rare efficacité et prenait très rarement la parole. J'aimais le contraste entre cet effacement et son nom, voilà tout.

J'en étais aux deux tiers de ce roman où il s'était installé sans difficulté dans son rôle de quasi-figurant quand un matin, juste avant de me mettre à écrire, j'ai découvert en haut et à gauche de la une du journal *Libération*, le portrait de

mon Léon.

Hormis la dédicace, le cliché était strictement identique à celui de l'album de famille fictif que j'avais confectionné à partir du carton à photos et sa légende révélait que l'homme du portrait se prénommait en effet Ramón. Mais elle livrait aussi le patronyme dudit Ramón : Gómez de la Serna. Le « vrai » Ramón était l'un des écrivains les plus réputés de la littérature espagnole des années 1920-1960, dandy d'avant-garde et précurseur baroque des modernes performances d'artistes, plus délirant encore que Dalí si c'est possible, célébré partout pour son humour surréaliste et sa créativité littéraire hors du commun. À la fin de sa vie, certains avaient même estimé qu'il pourrait faire un Nobel honorable.

Je fus abasourdie. Pendant cinq bonnes minutes, j'ai tenté d'imaginer comment son portrait avait bien pu se retrouver dans le carton à photos, puis je me suis demandé ce qui m'avait pris d'inventer, à partir de ce cliché, un factotum mutique et aveuglément soumis à sa patronne. Avais-je débusqué sans le savoir quelque vérité intime de Gómez de la Serna ? Ou celui-ci, face à l'objectif du photographe, s'était-il amusé à endosser une autre personnalité ? À ce que je savais de lui, il en était tout à fait capable.

Que faire ? Je n'ai pas hésité longtemps. J'aimais mon Léon, j'ai gardé mon Léon.

Et, lui, Léon, aussi dévoué et discret qu'avant, s'est montré aux petits soins avec mon héroïne puis, toujours aussi soumis, a accepté le destin que je lui ai prêté à la fin de mon livre : il a été pris dans les filets de la Gestapo et n'en est pas ressorti.

Tandis que Ramón, lui, est mort dans son lit une quinzaine d'années plus tard et a été enterré au Panthéon des hommes illustres de Madrid.

À une autre occasion, un personnage de roman m'a conduite à vivre un nouveau moment déroutant. Pour préparer une conférence, j'ai dû relire le livre que m'avait inspiré Phoolan Devi, une jeune Indienne révoltée par le système des castes et la culture du viol qui régnait (et règne toujours) dans son pays. Mariée de force à onze ans, elle s'était enfuie dans un maquis aride du nord de l'Inde, avait été enlevée par un gang, avait traversé des tribulations sans nombre, puis avait pris la tête d'une autre bande et terrorisé l'Inde des années 1970-1980.

Elle avait fini par se rendre. Son équipée sanglante m'avait fascinée. Au terme d'une longue enquête sur place, j'avais réussi à la rencontrer dans la prison où elle était détenue. Quelques jours plus tard, j'avais été définitivement convaincue que je pouvais revisiter son destin sous la forme d'un roman.

Peu après sa publication, Phoolan Devi fut libérée,

propulsée à la tête d'un parti politique, et quoique illettrée, élue députée. Je ne l'ai pas revue, mais onze années durant, j'ai suivi ses vicissitudes souvent amères, et finalement tragiques. Depuis l'Inde, des amis me donnaient de ses nouvelles, m'envoyaient les articles qui paraissaient à son sujet.

Ils étaient souvent illustrés de photos. Je mesurais ainsi à quel point elle s'était transformée : épaissie, vieillie avant l'âge par les mirages de la politique et de la vie urbaine. Et bien sûr, je fus atterrée par les clichés diffusés lors de ses funérailles en juillet 2001. Elle était tombée sous les balles de ceux qui, depuis des années, voulaient sa peau. Sa dépouille fut conduite au bûcher dans un cercueil ouvert ; après la mitraille de ses assassins, elle essuya celle des photographes. Je découvris ce jour-là une femme au visage fracassé. Ces photos me hantèrent pendant des mois.

Le jour où j'ai dû rouvrir mon roman, cela faisait vingt ans que Phoolan Devi avait été assassinée. À aucun moment de ma lecture, pourtant, je n'ai superposé ces images atroces à celles de la jeune femme dont j'avais fait mon héroïne. Le personnage restait plus fort que la personne.

J'en suis donc restée à la post-ado rebelle et vengeresse qui m'avait habitée pendant que j'écrivais. Rien n'a changé depuis. Il m'est encore arrivé de rouvrir mon livre, et chaque fois, je l'ai retrouvée intacte. Elle a toute la vie devant elle, c'est la jeune femme-bandit au verbe bref et au regard féroce qu'après un long séjour dans la Maison-Écrire j'ai métamorphosée en Devi, personnage de roman.

Lors de ces moments où je rouvre mes livres, j'ai aussi l'impression que mes personnages sont des parents éloignés.

Nous avons à l'évidence une séquence d'ADN en commun et un jour, quelque chose (quoi ? je ne saurais dire), m'a poussée à faire un bout de chemin avec eux. À cette occasion, nous avons vécu des moments d'une intensité telle qu'ils resteront inscrits pour toujours dans les pages de mon roman. Mais quand j'ai écrit le dernier mot du livre, nos routes se sont séparées et elles ne se recroiseront pas, sauf si le hasard me conduit à le rouvrir.

D'où la question qui me vient dès que j'en relis quelques pages : « Qui ai-je été, que je ne suis plus ? » Et l'étonnement qui suit : « Ces personnages sont pourtant des parts de moi-même. »

*

Lors de ces retrouvailles, deux autres points me frappent : les détails physiques que j'ai attribués à mes héros comptent moins que leur comportement ; et, comme je l'ai dit à propos de Devi, je les retrouve inchangés, ce qui ne serait sûrement pas le cas de parents éloignés que je recroiserais « pour de vrai » des années après notre voyage. Si j'ai fait de mes personnages des êtres sournois et dans la force de l'âge, ils n'ont pas vieilli et ne sont ni plus ni moins sournois. S'ils étaient jeunes et enthousiastes, ils n'ont pas pris une ride et leur ferveur est intacte.

En revanche, si l'intrigue du roman a voulu que j'use de mon droit de vie ou de mort sur mes personnages et que je les aie liquidés sans état d'âme, mes sentiments à leur égard ne sont plus les mêmes. Maintenant, selon que je les trouve attachants ou déplaisants, leur disparition m'afflige ou, au contraire, me soulage. Je les redécouvre en lectrice.

Puis je me rappelle qu'avant de devenir des héros de roman, ces parents éloignés furent longtemps des fantômes qui ne savaient pas quoi faire d'eux-mêmes, sinon errer à la lisière de ma conscience avec l'obstination qu'on prête aux revenants. Je me dis que cet entêtement a payé. Je les ai enfin écoutés, j'ai construit tout un monde-histoire autour d'eux et c'est ainsi, je suppose, qu'ils sont devenus des personnages.

Depuis quelque temps, la question « Comment créez-vous vos personnages de roman ? » est souvent suivie d'une nouvelle et bien plus inquiète interrogation : « Utilisez-vous des fiches personnages ? »

Cette récurrence m'a intriguée, et puisque j'ignorais l'existence de ces fiches, j'ai consulté Internet. J'ai alors constaté que les sites consacrés à ces fiches pullulent. Si l'on veut écrire un roman, ce préliminaire semble désormais indispensable.

Quand je m'en suis aperçue, il y a deux mois, je me suis sentie presque aussi morfondue que le jour où j'ai appris que les bébés ne naissent pas dans les choux : et moi qui me suis inventé une Maison-Écrire, une chambre du roman, un gouffre des infinis possibles, un grenier peuplé de fantômes en attente d'incarnation en héros de roman ! Comme le Rachid du conte du Rushdie, je n'ai vraisemblablement aucun sens des réalités puisque l'animateur d'un de ces sites claironne : « Une bonne fiche personnage, c'est de l'or en barre pour votre roman » ; tandis qu'un autre, à la lecture d'un message où un internaute lui demande de lui adresser un modèle de fiche, le congratule avec la résolution d'un Che Guevara : « Bravo d'avoir franchi le pas. Tu fais déjà partie de la minorité qui agit. »

*

Humiliée de n'avoir pas encore rejoint cette minorité agissante, je me suis procuré un de ces précieux documents. Rien de plus facile : quantité de sites en proposent aux internautes, soit à titre gracieux, soit pour une dizaine d'euros le paquet de dix, avec une réduction non négligeable lorsqu'on achète, en sus des fiches, la méthode qui permet de construire des héros « attachants » ou « irrésistibles ». Le pitch de ces guides, pour appâter le chaland, énumère les huit normes à respecter si l'on ambitionne de confectionner un héros de roman-or-en-barre. J'en citerai ici les seuls articles 1, 3 et 5 : « Personnalité en 3D », « Vie bien remplie », « Émotions touchantes ».

J'ai pensé pouvoir m'épargner l'acquisition de ces guides ; les fiches, cependant, m'ont tentée. Mon choix s'est porté, je le confesse, sur des sites qui les proposaient gratuitement et je n'ai pas imprimé ces formulaires que je m'en suis félicitée. Fonctionnels, divisés en rectangles de taille variable mais ordonnancés avec un soin étonnant, ces bulletins sont des modèles de clarté. Certains, par leur souci du détail, la précision de leurs questions et leur nombre de cases à cocher, m'ont rappelé les questionnaires qu'on doit remplir avant de passer la frontière d'une ex-République soviétique.

Je voulais à tout prix obtenir mon visa pour le Fictionistan, j'ai rempli le formulaire séance tenante.

*

Donc nom, prénom, année de naissance du personnage, et aussi surnom, genre, ethnie, signe astrologique, couleur et coupe de cheveux, couleur de peau, pilosité, musculature, grains de beauté, taches de naissance, forme de la mâchoire, du nez, défauts de pigmentation, tatouages, poids et taille de mon futur héros, orientation sexuelle, état de santé, addiction(s), phobies, tics, obsessions, comportement en public, maîtrise des émotions (cocher la case « oui » ou la case « non »), optimiste, pessimiste, empathique, insensible (cocher encore les cases « oui » ou « non »), religion, croyances, opinions politiques, enfin marques de vêtements préférées de mon futur héros.

À la surface du rectangle dédié aux marques, je soupçonne que mes réponses et l'or en barre promis à mon roman sont étroitement corrélés. Suis-je destinée à un avenir d'influenceuse et dois-je me consacrer, via mon personnage, au placement de marques ?

Et voici que se profile une impasse. Il y a une demi-heure, à la ligne « Date de naissance du héros », j'ai indiqué : « Avant la guerre de 14 ». Dois-je changer d'époque ? Serai-je pour autant tirée d'affaire : par les temps qui courent, le Diable s'habille-t-il en Shein ou, comme naguère, en Prada ? J'ai refusé d'acheter la méthode de construction des personnages attachants et irrésistibles, erreur fatale. Donc tempête sous mon crâne, je choisis d'éluder, je passe à la page suivante, où mon angoisse redouble : le questionnaire vire à l'entretien d'embauche. Diplômes de mon héroïne ? Maîtrise d'Internet ? Langues étrangères parlées ? Niveau d'adaptation aux fonctionnalités du smartphone ?

Et voici qu'il prend encore un autre tour, celui d'une enquête de police, voire d'un interrogatoire serré dans les locaux de l'ex-KGB : identité complète des frères, sœurs, demi-frères, demi-sœurs de mon personnage ? Place dans la fratrie ? Et ses relations ? Attention, quatre maximum et obligation de préciser la nature exacte desdites relations : fraternelles, romantiques, amicales, conflictuelles, à sens unique, partagées ? Cocher à chaque fois la case « oui » ou la case « non », mais gare ! pas question de mélanger le « conflictuel » avec le « fraternel », le « romantique » avec le « partagé », « l'amical » avec le « sens unique ». Je craque, je déchire la fiche.

*

Je n'ai pas été la seule, semble-t-il, à être saisie de cette fureur iconoclaste. À la rubrique « Commentaires » du site où j'ai téléchargé ce questionnaire, un internaute se risque à interpeller le garde-frontière du Fictionistan : « Est-il vraiment nécessaire de passer des heures à faire une fiche personnage avant d'écrire un roman ? »

On n'a pas jugé utile de lui répondre. J'espère que cet internaute s'en est remis aux conseils du site « Comment remplir une fiche personnage sans s'arracher les cheveux ? ». On lui aura sagement suggéré de ne pas placer la charrue avant les bœufs et de construire ses personnages à mesure qu'il écrira son roman. Méthode qu'avec brutalité – et non moins de sagacité –, Stephen King a résumée par la formule : « Le boss, dans un roman, c'est l'histoire. »

L'idée de la « fiche personnage » n'est pas neuve. Le procédé remonte aux années 1950. On l'appelait alors « fiche signalétique » et certains auteurs se transmettaient la supposée astuce comme ils se seraient chuchoté un tuyau pour le tiercé du dimanche suivant. Sans doute Julien Gracq en eut-il vent, il s'amusa un jour à parodier ces fiches en récapitulant les traits constitutifs des personnages qui avaient peuplé ses romans. Ce pastiche est si réussi qu'il mérite d'être cité :

« *Époque* : quaternaire récent.
Lien de naissance : non précisé.
Date de naissance : inconnue.
Nationalité : frontalière.
Parents : éloignés.
État civil : célibataires.
Enfants à charge : néant.
Profession : sans.

Activités : en vacances.
Situation militaire : marginale.
Moyens d'existence : hypothétiques.
Domicile : n'habitent jamais chez eux.
Résidences secondaires : mer et forêt.
Voiture : modèle à propulsion secrète.
Yacht : gondole, ou canonnière.
Sports pratiqués : rêve éveillé – noctambulisme. »

Une fois qu'on aura souri à la lecture de ces lignes, on pourra s'étonner que deux des romans de Gracq aient été portés à l'écran. Des héros aussi étrangers au réalisme féroce des amateurs de fiches personnages ont donc pu inspirer le cinéma ?

Ce serait oublier qu'un metteur en scène est d'abord un lecteur. Comme tel, il s'est fait sa propre représentation des personnages. Un seul détail et il les a vus.

Cette vision recoupera-t-elle celle des autres lecteurs ? Rien n'est moins sûr, d'où la phrase qu'on entend dans la bouche des lecteurs qui ont aimé un roman, se sont attachés à leurs héros et sont déçus par les acteurs qui les incarnent : « Je ne les voyais pas du tout comme ça. »

Ils se sont déjà fait leur cinéma. Ce n'était pas celui du réalisateur et les images qui les ont habités quand ils ont lu le roman continuent à l'emporter sur celles du film.

Je me demande si ces lecteurs déçus, pour se justifier, ne pourraient pas s'appuyer sur une réflexion d'Alice. À un moment de ses aventures de l'autre côté du miroir, elle se demande si elle ne rêve pas et murmure : « En ce cas, j'espère bien que c'est mon rêve à moi. » Quelques phrases plus loin, elle précise sa pensée : « Je n'aimerais pas appartenir au songe d'autrui. »

Malheureusement pour Alice (et par bonheur pour nous), elle n'a pu échapper à sa condition de personnage. Chaque lecteur de ses aventures se l'est représentée à sa façon et cette image a surgi dans l'espace que Lewis Carroll a abandonné à ses lecteurs afin de leur permettre, comme on dit si bien, de « lire entre les lignes » : car c'est là, dans le blanc du texte, qu'ils « se font leur cinéma » et parviennent à s'attacher aux personnages, quels qu'ils soient, petite fille comme Alice ou vieillard, voisine de palier, *alien*, explorateur intergalactique, chat, chien, éléphant, baleine blanche et même python, ça s'est déjà vu, ou cadavre racontant sa vie antérieure depuis les tréfonds de sa tombe – ça s'est vu aussi. Le tout indépendamment de leur couleur de peau, taches de naissance, marques de vêtements préférées, poids, taille, situation militaire, phobies, maîtrise du smartphone et nombre d'enfants à charge, pourvu que ces détails soient les serfs de l'histoire à laquelle le romancier propose de croire, de son action, de son intrigue, de tout ce qui fait qu'on s'attache au roman et qu'on se sent orphelin de lui lorsqu'il est fini.

*

On a même vu des immeubles faire d'excellents héros de roman. Et des îles.

Je m'émerveille toujours de la montagne de tâches qu'assure le héros de roman. Il me rappelle

Atlas, ce Titan qui fut condamné par Zeus à porter pour l'éternité la voûte céleste sur ses épaules.

Écrasé sous le poids du monde-histoire, obligé malgré tout d'avancer, et d'avancer encore, et d'avancer toujours jusqu'à la fin du livre, le personnage assume les névroses que l'auteur lui prête (les siennes, je présume) puis les traduit en dialogues et monologues intérieurs. Malheureusement, on est encore loin du compte. Pour laisser son empreinte dans l'esprit du lecteur, il faut aussi que le personnage s'affirme, et la seule issue qu'ont trouvée les romanciers afin de résoudre ce casse-tête, c'est de l'entraîner dans des conflits avec d'autres héros dont bon nombre s'acharnent à le perdre.

Parlons clair : l'auteur n'arrête pas de semer des peaux de banane sur son chemin. Pire, certains font de leurs héros des antihéros, des êtres promis à l'échec, losers impénitents, médiocres, rustres, parfois foncièrement mauvais ou simplement « en congé de la vie », pour reprendre la définition que donnait Musil du personnage central de son roman *L'Homme sans qualités*. Tous points qui contribuent à les rapprocher des lecteurs, mais quand même, les traits que leur géniteur leur a attribués ne sont guère flatteurs.

En règle générale, du reste, les romanciers feraient bien de se méfier de leurs personnages. Contrairement à Atlas, ils ne sont pas à toute épreuve. Pas un auteur de fiction qui n'en ait fait l'expérience : un beau matin, ils refusent d'avancer.

Le romancier, outré, s'égosille : « Je ne sais pas ce que me veut mon personnage, il me résiste ! » Il n'est pas au bout de ses peines. Quelques heures ou quelques jours plus tard, le héros dépose à ses pieds le monde-histoire et se fait la belle.

« Mon personnage m'échappe ! » piaule cette fois l'écrivain. Son entourage, qui a compris que c'est lui, l'auteur, qui s'échappe à lui-même et a pris la fuite à la vue de ses parts d'ombre, lui rétorque avec bon sens : « Tu n'as qu'à le rattraper ! » Plus ou moins vexé, plus ou moins penaud, l'écrivain s'en va à la recherche de son héros. Il lui remet la main dessus, mais la dure condition du personnage ne s'en trouve pas nécessairement améliorée : il arrive que l'auteur, entre-temps, ait chamboulé de fond en comble la structure de son histoire. Avant la révolte du personnage, tel le dormeur de Proust, il organisait paisiblement autour de son héros le fil des heures, l'ordre des années et du monde ; il estime maintenant que sa créature est impuissante à remplir son cahier des charges, à savoir transformer les choses imaginées en illusion de réalité. Il lui assigne donc une autre trajectoire, plus susceptible, estime-t-il, de renverser les murailles qui le séparent encore de la vérité. Ce qui expose le personnage, une fois rattrapé, à d'immenses déconvenues : il a changé d'apparence, de caractère, parfois même d'identité. La figure triomphante qu'il incarnait dans la première version du roman peut se retrouver transformée en victime, voire en petit minable en proie aux manipulations et aux sévices d'autres héros plus puissants, avec pour conséquence immédiate une rétrogradation au rang de personnage secondaire. Ce n'est pas la moindre de ses avanies ; il a pu aussi mourir en chemin.

C'est que les romans ressemblent aux régimes dictatoriaux, on y meurt facilement, et de très diverses manières – sauf peut-être dans les feel-good du type « Les alligators rient jaune mais il fera beau demain » dont les auteurs se sont fait une spécialité de la vie en rose. Mais ailleurs, combien de cadavres, et pas seulement dans les polars ; le romancier, c'est bien connu, assouvit dans ses livres ses plus noires pulsions. Trucider un personnage le remplit d'une joie ineffable et on le comprend : autant de soucis en moins. Au passage, il se déleste d'une partie de ce que Malraux appelait son « misérable tas de petits secrets », tout en étant assuré, contrairement aux criminels ordinaires, de la plus totale impunité.

Et cependant, vaille que vaille, les héros de roman continuent d'avancer sous le poids du monde-histoire, même ceux que les écrivains ont privés de nom et réduits à une simple voix, tous ces « je », « elle », « tu », « vous » qui, si flous soient-ils, assurent pleinement leur fonction de personnage : porter sur leurs épaules le monde-histoire, coloniser le blanc du texte et en faire jaillir les images et les émotions qui feront que le lecteur ne pourra pas s'extraire du roman.

*

Malgré tout, je pense, les personnages sont plus heureux ainsi qu'enfournés sous forme d'algorithmes dans le cerveau d'une intelligence artificielle, réduits cette fois à l'état de créatures clonées et assez lisses pour ne déranger personne.

Bien sûr, c'en sera alors fini de leurs conflits avec les auteurs mais ils auront perdu leur raison d'être : satisfaire l'envie du lecteur d'explorer une infinité d'autres « Moi » que le sien, son désir de se retrouver dans ces êtres qui sont lui, curieusement, tout en ne l'étant pas, et lui donnent à voir et à vivre.

Avec leurs répliques électroniquement assistées, le lecteur sera aussi privé de la joie de se sentir soudain inondé par la lumière du roman et sa réverbération inégalable, seule à même de révéler, sous la trompeuse écorce de la réalité, ces étranges particules dont il se souvient longtemps après avoir refermé le livre, étincelantes parcelles de sens qui l'aident, comme l'écrivain qui les a débusquées, à mieux comprendre sa vie et ce qu'il est.

9

Et alors ?

Les livres ne meurent pas, on les referme. On les croit finis, ils ne sont qu'endormis. Il suffit d'un rien pour les réveiller. Un de ces moments où, se retrouvant face à une bibliothèque avec un peu de temps devant soi, on extrait d'un rayonnage un livre aimé. On le feuillette, on s'arrête à une page. Aussitôt son monde-histoire et ses personnages ressuscitent. Comme les princesses des contes, ils n'attendaient, pour revivre, que de se sentir à nouveau aimés.

Certains jours, on provoque ces retrouvailles. Ainsi, il y a une semaine, je me suis dirigée vers une étagère de ma bibliothèque en sachant ce que je cherchais, un livre dont le personnage central est une narratrice : la Shéhérazade des *Mille et Une Nuits*. Selon le premier et anonyme auteur de ce légendaire recueil de contes, elle aurait conçu le dispositif qu'on a longtemps appelé « récit à suspense » avant que l'expression ne soit supplantée par la dénomination anglo-saxonne *cliffhanger* – ce « héros suspendu à la falaise » cher aux auteurs de romans-feuilletons et aux scénaristes de séries télévisées.

Le conteur inconnu qui, dans on ne sait quels déserts de l'Inde ou confins de l'Arabie, prêta cette invention à son héroïne n'en imagina sûrement pas la fortune quand, lors du récit qui ouvre les *Mille et Une Nuits*, il raconte la tragédie qui conduisit Shéhérazade à faire cette découverte. Dans un palais d'Orient, un roi trompé par sa femme l'avait décapitée d'un coup de sabre puis avait décidé qu'à l'avenir, pour éviter toute autre avanie conjugale, il infligerait le même châtiment à sa nouvelle épouse à la fin de leur nuit de noces. Il passe à l'acte. Sa vengeance n'est pas assouvie, il récidive et pendant des mois et des mois, recommence, décapite ses fiancées dès qu'il les a épousées. Dans le royaume, les filles à marier se font de plus en plus rares jusqu'au jour où une intrépide adolescente, Shéhérazade, imagine un stratagème qui, selon elle, viendra à bout de la folie meurtrière du tyran : elle l'épousera mais sitôt le mariage consommé, sa sœur, qu'elle aura introduite dans le palais, frappera à la chambre du roi et le suppliera de laisser la nouvelle mariée lui raconter pour la dernière fois une de ces histoires merveilleuses dont elle a le secret.

Tout se passe comme elle l'a prévu. Intrigué, le roi

psychopathe – et vraisemblablement insomniaque – accepte et la rusée Shéhérazade se lance dans un récit si captivant qu'il en oublie de la tuer.

Le soleil va se lever et l'histoire n'est pas finie. Or le roi, à ce moment-là, se doit d'aller vaquer à ses affaires et sa femme se retire au fond de ses appartements. Frustré de la fin de l'histoire, le roi laisse Shéhérazade en vie jusqu'à la nuit suivante où, toujours aussi ingénieuse, elle emboîte insensiblement une deuxième histoire à la première puis, l'air de rien, comme la veille, y enchâsse une troisième avant d'en évoquer une autre, encore plus alléchante, au moment où l'aube point.

Éperdu de curiosité, le roi en oublie une seconde fois son projet meurtrier. La nuit d'après, bien entendu, son ensorcelante visiteuse du soir réitère son manège, et ainsi de suite jusqu'à la mille et unième nuit où, sous l'effet de cet envoûtement littéraire constamment suspendu et renouvelé, les idées noires du tyran s'évaporent. Shéhérazade a sauvé sa peau, elle partage désormais le divan de la chambre des contes avec un homme de paix et de justice, résolu à couler des jours radieux en compagnie de la belle dont les récits l'ont délivré de sa soif de vengeance et de ses fantasmes sanglants.

*

Je me souviens de l'impression que m'a laissée Shéhérazade lorsque j'ai lu les *Mille et Une Nuits* pour la première fois, vers l'âge de treize ans, au grenier bien sûr, avachie comme toujours sur un vieil édredon dont l'odeur poussiéreuse me transportait à elle seule dans le gouffre du Danltan. J'ai tout de suite senti en elle une femme d'une liberté souveraine. Mais j'ai aussi compris que son emprise sur le roi ne tenait pas seulement aux « Et alors ? », « Et après ? », « Et ensuite ? » qu'il lâchait à bout d'anxiété dès que l'approche de l'aube commandait à la jeune femme d'interrompre son histoire. Shéhérazade savait quelque chose qu'il ne savait pas.

J'ai retrouvé cette impression ancienne il y a peu, lorsque entre les centaines de représentations de la mythique narratrice, j'ai découvert une gravure

du peintre américain Winslow Homer. Dans cette illustration des années 1860, l'artiste place dans les mains de Shéhérazade une énorme clé, dont il précise dans une note qu'elle a permis à la conteuse de déverrouiller le placard interdit du roi, qu'il assimile à Barbe Bleue.

Hybridation curieuse. Mais justifiée, je trouve. Les deux maris sont des psychopathes invétérés et partagent le même désir obsessif de décapiter leurs épouses. Toutefois, à la différence de la huitième femme du *serial killer* français, qui déverrouille le placard interdit en catimini, se fait surprendre, l'idiote, et ne doit son salut qu'à l'intervention providentielle de ses frères, la Shéhérazade revisitée par Winslow Homer est une femme puissante : loin de cacher la clé du mortel cagibi, elle la brandit au nez et à la barbe du roi. Rien qu'à cette insolence folle, je saisis pourquoi elle s'est délibérément invitée dans ses nuits de tous les dangers. Forte de sa science des tours et détours narratifs, elle est sûre de le conduire à affronter les vérités qu'il fuit. D'où la taille de la clé : la pièce où le roi a cru pouvoir ensevelir ses tourments et ses secrets est gigantesque. Mille et une nuits pour en venir à bout, le projet, dans ces conditions, n'est pas si déraisonnable.

Le roi, à mon sens, a été très imprudent. Il n'avait pas mesuré – mais Shéhérazade, si – à quel point le discours narratif est puissant, et profonde sa résonance. Étrange et familier à la fois, il envoûte celui qui lui prête l'oreille, le mène à son insu vers la source de ses souffrances, et dans le silence qui suit le dernier mot du texte lui laisse entendre comment les soulager – il y a une clé.

Surgi de l'instant où les mots s'arrêtent, ce miracle vaut aussi pour l'auteur. Il en est tant, de ces histoires dont l'écrivain n'entrevoit les raisons intimes que des mois après qu'il a porté sur son manuscrit ses ultimes retouches et apposé son point final.

Raisons qui ne relèvent pas de la raison mais d'une magie qui lui échappe. À croire qu'écrire, c'est comme lire : se laisser égarer, et une fois perdu, trouver.

Quoi ? La clé que l'écrivain a abandonnée à l'océan blanc du texte, il ne sait pas trop où, ni pourquoi.

Bibliographie

Bibliographie sélective des ouvrages cités, commentés ou consultés par l'auteur

Louis Aragon, *Blanche ou l'Oubli*, Gallimard, « Blanche », 1967

Je n'ai jamais appris à écrire ou les incipit, Albert Skira Éditeur, « Les sentiers de la création », 1969

Le Mentir-vrai, Gallimard, « Folio », 1997

Gaston Bachelard, *La Poétique de l'espace*, édition établie par Gilles Hieronimus, Presses universitaires de France, « Quadrige », 2020

Deirdre Bair, *Samuel Beckett*, traduit de l'anglais par Léo Dilé, Fayard, « Histoire », 1979

Émile Benveniste, *Le Vocabulaire des institutions indo-européennes*, t. I et II, Les Éditions de Minuit, « Le sens commun », 1969

Karen Blixen, *La Ferme africaine*, traduit du danois par Yvonne Manceron, Gallimard, « Du monde entier », 1986

Christian Bobin, *Une petite robe de fête*, Gallimard, « Le Chemin », 1991

M. et V. Boscher, Marie Josèphe Carré, J. Chapron, François Garnier, *La Méthode Boscher*, Belin, 2000

Albert Camus, *L'Étranger*, Gallimard, « Blanche », 1970

Lewis Carroll, *Œuvres*, édition publiée sous la direction de Jean Gattégno avec la collaboration de Véronique Béghain, Alexandre Révérend et Jean-Pierre Richard, traduit de l'anglais par Philippe Blanchard, Fanny Deleuze, Jean Gattégno, Henri Parisot, Alexandre Révérend et Jean-Pierre Richard, Gallimard, « Bibliothèque de la Pléiade », 1990

Through The Looking-Glass. And What Alice Found There, avec cinquante illustrations de John Tenniel, Macmillan and Co., 1950

Pierre Chantraine, *Dictionnaire étymologique de la langue grecque*, t. I-II, *Histoire des mots A-K*, Klincksieck, 1990

Pierre Chantraine, *Dictionnaire étymologique de la langue grecque*, t. III-IV, *Histoire des mots Δ-Ω*, Klincksieck, 1984

René Char, *Commune présence*, Gallimard, « Blanche », 1978

Philippe Claudel, *Les Âmes grises*, Stock, 2003

Samuel Coleridge, *Biographia Literaria*, in *The Major Works*, Oxford University Press, « Oxford World's Classics », 2009

Marie Curie, journal tenu entre le 30 avril 1906 et avril 1907 in *Pierre Curie*, Odile Jacob, « Opus », 1996.

Daniel Defoe, *Réflexions sérieuses et importantes de Robinson Crusoé faites pendant les aventures surprenantes de sa vie*, in *Robinson Crusoé*, traduit de l'anglais par Pétrus Borel, Francis Ledoux et Marcel Schwob, édition établie et annotée par Francis Ledoux, Gallimard, « Bibliothèque de la Pléiade », 2008

Paul Eluard, *Le temps déborde*, in *Œuvres complètes*, t. II, édition établie par Marcelle Dumas et Lucien Scheler, Gallimard, « Bibliothèque de la Pléiade », 2015

Annie Ernaux, *L'Atelier noir*, édition augmentée, Gallimard, « L'Imaginaire », 2022

Annie Ernaux, *Les Années*, Gallimard, « Folio », 2010

Alfred Ernout et Antoine Meillet, *Dictionnaire étymologique de la langue latine. Histoire des mots*, réimpression de la 4e édition augmentée d'additions et de corrections par Jacques André, Klincksieck, 2009

Gustave Flaubert, *Salammbô*, Flammarion, 1964

Julien Gracq, « Pourquoi la littérature respire mal », in *Préférences*, in *Œuvres complètes*, t. I, édition établie par Bernhild Boie, Gallimard, « Bibliothèque de la Pléiade », 1989

Julien Gracq, *Lettrines I*, Corti, 1967

Hérodote, *L'Enquête*, livres I à IV, texte présenté, traduit et annoté par Andrée Barguet, Gallimard, « Folio classique », 2021

Hérodote, *L'Enquête*, livres V à IX, texte présenté, traduit et annoté par Andrée Barguet, Gallimard, « Folio classique », 2022

Victor Hugo, *La Légende des siècles*, suivi de *La Fin de Satan*, *Dieu*, édition établie par Jacques Truchet, Gallimard, « Bibliothèque de la Pléiade », 1950

Nancy Huston, *Bad Girl. Classes de littérature*, Actes Sud, 2014

Philippe Jaenada, *La Serpe*, Julliard, 2017

Luzius Keller et Nathalie Mauriac-Dyer, *Découverte d'un inédit, du nouveau sur l'incipit d'*À la recherche du temps perdu, Persée, 2006

Kathleen Kelley-Lainé, *Peter Pan ou l'enfant triste*, Calmann-Lévy, 2016

Stephen King, *Écriture. Mémoires d'un métier*, traduit de l'anglais par William Olivier Desmond, Albin Michel, 2001

Stephen King, *Si ça saigne*, traduit de l'anglais par Jean Esch, Albin Michel, « Thrillers », 2021

Rudyard Kipling, *Le Chat qui s'en va tout seul*, in *Histoires comme ça*, illustré par l'auteur, traduit de l'anglais par Louis Fabulet et Robert d'Humières, Delagrave, 1903

Milan Kundera, *L'Art du roman*, Gallimard, « Folio », 2021

Philippe Lejeune, *Le Moi des demoiselles. Enquête sur le journal de jeune fille*, Seuil, 1993

Le *Mahâbhârata*, adapté par Jean-Claude Carrière, Centre international de création théâtrale, 1985

André Malraux, *Les Noyers de l'Altenburg*, Gallimard, « Folio », 1997

Les Mille et Une Nuits, t. I et II, traduit de l'arabe, présenté et annoté par Jamel Eddine Bencheikh et André Miquel, Gallimard, « Bibliothèque de la Pléiade », 2005

Robert Musil, *L'Homme sans qualités*, traduit de l'allemand par Philippe Jaccottet, Seuil, « Le Don des langues », 2004

Vladimir Nabokov, *Lolita*, traduit de l'anglais par Eric H. Kahane, Gallimard, « Du monde entier », 1959

Blaise Pascal, *Pensées*, Le Livre de Poche, 2000

Marie-Edmée Pau, *Journal*, Plon, 1876

Luigi Pirandello, *À chacun sa vérité*, pièce en trois actes, 1917

Edgar Allan Poe, *Double assassinat dans la rue Morgue*, traduit de l'anglais par Charles Baudelaire, Gallimard, « Folio », 1983

Marcel Proust, *Du côté de chez Swann*, in *À la recherche du temps perdu*, texte établi et présenté par Pierre Clarac et André Ferré, Gallimard, « Bibliothèque de la Pléiade », 1954

Arthur Rimbaud, *Lettre à Paul Demeny*, Éditions des cahiers libres, 1929

Jean-Jacques Rousseau, *Les Confessions*, édition de Bernard Gagnebin et Marcel Raymond, préface de J.-B. Pontalis, Gallimard, « Folio Classiques », 2009

Marthe Robert, *Roman des origines et origines du roman*, Grasset, 1972

Salman Rushdie, *Haroun et la mer des histoires*, traduit de l'anglais par Jean-Michel Desbuis, Gallimard, « Folio », 2010

Salman Rushdie, *Joseph Anton, une autobiographie*, traduit de l'anglais par Gérard Meudal, Gallimard, « Folio », 2013

Salman Rushdie, *Les Enfants de minuit*, traduit de l'anglais par Jean Guiloineau, Stock, « Nouveau cabinet cosmopolite », 1983

George Sand, *Histoire de ma vie*, édition établie, présentée et annotée par Brigitte Diaz, Le Livre de Poche, « Classiques », 2004

Michel Schneider, *Maman*, Gallimard, « Folio », 2005

William Shakespeare, *Macbeth*, Macmillan Collector's Library, 2016

Grigori Sloujitel, *Les Jours de Saveli*, traduit du russe par Maud Mabillard, Éditions des Syrtes, 2022

Somadeva, *Océan des rivières de contes*, édition publiée sous la direction de Nalini Balbir avec la collaboration de Mildrède Besnard, Lucien Billoux, Sylvain Brocquet, Colette Caillat, Christine Chojnacki, Jean Fezas et Jean-Pierre Osier, traduction des « Contes du vampire » par Louis Renou avec la collaboration de Marie-Simone Renou, Gallimard, « Bibliothèque de la Pléiade », 1997

Léon Tolstoï, *Anna Karénine*, traduit du russe par Henri Mongault, Gallimard, « Folio », 1994

Edith Wharton, *Les Règles de la fiction* suivi de *Marcel Proust*, essai littéraire traduit de l'anglais et présenté par Jean Pavans, Viviane Hamy, 2006

*

Ouvrages de l'auteur évoqués au fil du texte

Secret de Famille, Jean-Claude Lattès, 1989 – aux chapitres 1 « La Maison-Écrire » et 8 « D'autres “moi” que le mien »

Un crime sans importance, Seuil, 2020 – au chapitre 3 « Peur d'écrire »

La Maison de la source, Fayard, 2000 – au chapitre 5 « Ma vie est un roman »

Sorti de rien, Seuil, 2013 – au chapitre 5 « Ma vie est un roman »

La Fille à histoires, Seuil, 2017 – au chapitre 5 « Ma vie est un roman »

Devi, Fayard, 1993 – au chapitre 8 « D'autres “moi” que le mien »

Crédits

Pour les images au fil du texte

La maison. Photo : collection particulière de l'auteur.

Statue de Ganesh. Photo : collection particulière de l'auteur.

Bénédicte Rivière, *Arlequin, Charlot, Guignol & Cie*, La Mère Gigogne, illustration de Gérard Dubois, 2013. © Actes Sud Jeunesse.

Charles Perrault, *La Barbe Bleue*, L'épouse de Barbe Bleue pénètre dans la pièce interdite, illustration d'Hermann Vogel, 1887. Bibliothèque nationale de France.

Lewis Carroll, *Through the looking-glass. And what Alice found there*, Alice poussant à travers le miroir, illustration de John Tenniel, gravure sur bois, 1871. Photo : photo12/Alamy/Lifestyle pictures.

Lewis Carroll, *Through the looking-glass. And what Alice found there*, illustration de John Tenniel, gravure sur bois, 1872. Photo : Photo12/Alamy/Ian Dagnall Computing.

Anonyme, *Portrait supposé de Sappho*, fresque de Pompéi, Ier siècle avant J.-C., Naples, Musée archéologique national. Photo : Bridgeman Images/Modadori Portfolio/ Electa.

Tsukioka Yoshitoshi, *Lady Murasaki Shikibu, poète et romancière regardant la Lune pour s'inspirer à Ishiyama-dera*, 1889. Photo : Bridgeman Images/Pictures from History.

Colette Deblé, *La femme au miroir*, lavis, 1990. Reproduit avec l'autorisation de l'artiste.

M. et V. Boscher, Marie-Josèphe Carré et J. Chapron, *La méthode Boscher*, La poule appelle ses petits, illustration de François Garnier, 2020. © Belin Education/ Humensis.

Ramón Gómez de la Serna, pour le personnage de « Léon Fatal ». Photo : collection particulière de l'auteur.

Statuette d'Atlas en bronze. Photo : Medieval collectibles.

Winslow Homer, *Le Tableau Barbe Bleue*, Fatima entre dans le placard interdit, gravure sur bois, 1868. Photo : Photo12/Alamy/ BBM.

Pour les citations au fil du texte

Du même auteur

Quand les Bretons peuplaient les mers
Fayard, 1979, 1988

Le Nabab
Jean-Claude Lattès, 1982
et « Le Livre de poche », nº 6423

Modern Style
Jean-Claude Lattès, 1984

Désirs
Jean-Claude Lattès, 1986

Secret de famille
Jean-Claude Lattès, 1989
et « Le Livre de poche », nº 6963

La Guirlande de Julie
Robert Laffont, 1991

Histoire de Lou
Fayard, 1990, 1993

Devi
Fayard, 1993

Quai des Indes
Fayard, 1993

Vive la mariée !
Du May, 1993

La Vallée des hommes perdus
L'Inde secrète
(aquarelles d'André Juillard)
Éditions DS, 1994

L'Homme fatal
Fayard, 1995

La Fée Chocolat
(illustrations de Laurent Berman)
Stock, 1995
Fayard, 2002

Le Fleuve bâtisseur
(photographies de Bérengère Jiquel)
PUF, 1997

L'Inimitable
Fayard, 1998

Lady Di
Éditions Assouline, 1998

À jamais
Albin Michel, 1999

La Maison de la source
Fayard, 2000

Julien Gracq et la Bretagne
Blanc Silex, 2000

La Côte d'amour
(photographies de Christian Renaut)
Alizés l'Esprit large, 2001

Pour que refleurisse le monde
Entretiens avec Jetsun Pema
Presses de la Renaissance, 2002

Les Hommes, etc.
Fayard, 2003

Le Guide du Club des Croqueurs de chocolat
(avec Sonia Rykiel et Julie Andrieu)
Michel Lafon, 2003

Le Bonheur de faire l'amour
dans sa cuisine et vice-versa
Fayard, 2004
et « Le Livre de poche », nº 30543

Les Couleurs de la mer
(photographies de Philip Plisson)
La Martinière, 2005

Au royaume des femmes
Fayard, 2007
et « Le Livre de poche », nº 31039

À la recherche du Royaume
(photographies de François Frain)
Maren Sell éditeurs, 2007

Gandhi, la liberté en marche
Timée Éditions, 2007

Les Naufragés de l'île Tromelin
Michel Lafon, 2009
et « J'ai lu », n° 9221

Le Navire de l'homme triste
et autres contes marins
L'Archipel, 2010
et « J'ai lu », n° 9910

La Forêt des vingt-neuf
Michel Lafon, 2011
et « J'ai lu », n° 9876

Beauvoir in love
Michel Lafon, 2012
et « J'ai lu », n° 10723

Sorti de rien
Seuil, 2013
et « Points », n° P3364

Marie Curie prend un amant
Seuil, 2015
et « Points », n° P4449

La Fille à histoires
Seuil, 2017
et « Points », n° P4903

Il me fallait de l'aventure
Éditions de l'Aube, 2018

Je te suivrai en Sibérie
Paulsen, 2019

Un crime sans importance
Seuil, 2020
et « Points », n° 5405

L'Allégresse de la femme solitaire
Seuil, 2022
et « Points », n° 5992

RÉALISATION : NORD COMPO À VILLENEUVE-D'ASCQ
IMPRESSION : NORMANDIE ROTO S.A.S À LONRAI
DÉPÔT LÉGAL : OCTOBRE 2023. N° 153650 (2303193)
IMPRIMÉ EN FRANCE